JN106211

『百四歳・命のしずく』

田中志津　著

平成 28 年 1 月 20 日 99 歳　志津誕生日祝　東京
（田中昭生 中央 - 志津 右 - 佑季明）

韓国ホテルで　田中佐知　韓国出版記念　平成19年『砂の記憶』『見つめることは愛』。（佑季明 中央 - 志津 右 - 昭生）

佐渡金山　文学碑の前　平成18年

百歳誕生祝　平成29年1月20日　いわき市湘南台の自宅にて

平成15年　川越・料亭山屋
母の小説2冊全編FM放送朗読完了記念。娘の田中佐知と。

刊行に寄せて（百四歳・命のしずく）

この度は、『百四歳・命のしずく』田中志津著・㈱牧歌舎刊行、誠におめでとうございます。息子として心よりお慶びを申し上げます。百四歳にして、未だ現役であることを嬉しく思っております。今年令和二年、『佐渡金山』角川書店及び『この命を書き留めん』短歌研究社を刊行致しました。

『百四歳・命のしずく』は、百歳前後に執筆したものです。執筆に当たりましては、母は、メモ書きをまめにとり、また疑問点などについては、私への調査・確認作業なども怠らずに纏め上げました。随筆の一部は口述筆記の物があります。

物書きの習性というものでしょうか、母は書きはじめると、集中して原稿用紙に向かいます。普段、日常生活で見せる顔とは、異なる作家の顔に変貌致します。まさに作家魂と申しましょうか、執念のようなものを感じます。私はこうした作家の姿勢に深く敬意を表しております。

母は百歳を超えると、小説は残念ながら書けません。随筆や短歌ですと、苦労をしながらも執筆しています。短歌は未発表の作品を含めて、精力的に詠んでいます。随筆はその時々の想いを書いています。語録は、九十五・六歳ごろから、思いつくまま書き留めていたものを収載致しました。

母の人生を振り返りますと、官吏の長女として生まれ、結婚前までは、順風満帆な人生でありました。その後、結婚を契機に波乱万丈な人生を余儀なくされました。それは、夫の酒乱生活二〇年にも及ぶ苦渋に満ちた半生でもありました。幼い子供たちを巻き込んだ生活を、母は胸を痛めていました。夫の収入はあてにならず、生活苦からタイプ印刷や下宿人の世話などで生計を立てていました。育ち盛りの子供たちには、多忙の中、愛情をたっぷりと注ぎ育ててくれました。母は子供の成長が楽しみであり、生き甲斐だったのでしょう。まさに逆境をバネに生きてきた人生でありました。

荒れた家庭生活の混乱を、随筆日記に纏めていました。大阪の劇作家・郷田悳氏の眼に留まりＮＨＫで放送されました。

また、娘田中佐知（保子）は、母の小説『佐渡金山を彩った人々』と『冬吠え』を癌との闘病生活の中、ＦＭ放送で約二年にわたり全編朗読しました。朗読の完了後まもなくして、佐知は命の炎を燃焼させ、六十歳で他界してしまいました。親より若くしてこの世を去った、佐知のせめてもの親孝行がこの朗読だったと言えましょうか。

母親の波乱万丈な生活の中で、子供たちもまた、青春の蹉跌を覚え、また父親の二〇年にも及ぶ酒乱生活を反面教師として、捉え生きてきたことも事実です。

母親のこうした時代背景の中で、母は文学に目覚め、数々の作品を世の中に送り続けて参りました。遅筆の母ではありますが、一歩一歩を確かな手応えで作品を誕生させてきました。

新潟県の佐渡金山には、「佐渡金山顕彰碑」が、また、生まれ故郷新潟県小千谷市には「生誕の碑」が、晩年の地、いわき市には母子文学碑（志津・佐知・佑季明）が建立されています。このように日本海の孤島・佐渡島から、中越の小千谷市船岡公園、そして太平洋の浜通りにあるいわき市最古の大國魂神社と三つの碑が存在しております。

母は身に余る光栄と、文学碑建立実行委員会の皆様はじめ、関係者諸氏の方々には、厚く感謝の意を述べております。

百歳を超え、一連の業績は漸く辿り着いた血と涙の結晶であることでしょう。

親の生きてきた来し方に、改めて敬意と感謝を表したいと思います。

何時までも、元気で笑顔を忘れない母親であり、作家であって欲しいものでございます。
『百四歳・命のしずく』刊行心よりおめでとうございます。
二〇二〇年一〇月一六日
日本文藝家協会会員
日本ペンクラブ会員
日本現代詩人会会員
日本詩人クラブ会員

作家・詩人　田中佑季明

尚、この作品は、『百一歳・命のしずく』として二〇一八年九月に愛育出版より刊行されたものですが、本の不具合があり、一部市場に流通されましたが、回収されたものです。

改めて、内容を見直し、タイトルなどを変え、装いを新たに㈱牧歌舎より刊行されました。

目次

第一章　随筆 ―――――― 13

第一章　随筆

一　敬老の日

　舞台では、若い娘たちが十数人、音楽に合わせて横一列に並び、スポットライトを浴び激しく腰を振り、フラダンスを踊っています。黒く長い髪には、ハイビスカスなのか大きな花が飾られています。スレンダーな肢体は、一様に腰がくびれ日頃の練習の成果が表れています。

　若さとは何と美しく素晴らしいことなのでしょう。

　ここは、福島県いわき市のスパリゾートハワイアンズ。全国的に映画「フラガール」（二〇〇六年）で有名になった施設です。いわき市の「敬老の日」のお祝いで息子佑季明と招待を受けまして、一一月の平日に訪れました。

　今年の敬老の日は、九月一八日でしたが、施設の利用が一一月末までの有効期限があるため、晩秋に訪れました。敬老の日は、二〇〇二年までは、九月一五日でした。翌年からは、九月の第三月曜日になったと聞いております。連休を考えてのことだと思います。また、敬老の日が祝日として、制定されたのは、一九六五年だそうです。「多年にわたり社会につくしてきた老人を敬愛し、長寿を祝う」趣旨から生まれました。

私も人さまから敬愛されるような人間にならないといけないと、改めてその言葉を噛みしめ、努力しようと思いました。

私は今年百歳になり、まさに高齢者で老人であることには、間違いない事実なのですが、老人と呼ばれることや年寄り扱いされることには、以前から強い抵抗がございました。

入院中、看護師たちから、幼児言葉を発せられると、無性に腹立ちを、覚えたものです。

彼女らは決して悪意で話しかけているのではないことは充分に分かるのですが、馬鹿にされたような錯覚に陥ります。私の場合、耳もしっかり聞こえます。大きな声で話さなくても、よく聞こえます。患者への優しさから、そうしたマニュアルがあるのでしょうか。願わくば、患者それぞれに対応した接し方、否、一般患者と同様の普通の接し方をして頂いた方が、私の場合は気が楽になれます。

自分の中では、いつまでも若い気持ちでいるのです。世間の常識には合いませんが、今でもその気持ちは一向に変わりがございません。

孫たちは、おばあちゃんとは呼ばずに、あーちゃんと呼んでいます。

確かに肉体は、年相応に厳しさがございますが、精神は何時までも若々しくありたいものだと思っています。

肉体は衰えても、精神は健全で未だ衰えていないつもりでございます。

人からは、若く見られるのも、そんな気持ちが影響しているのでしょうか？

昼のポリネシアンショーは、車椅子席から観劇しました。私と同様の車椅子を利用した観客の方もおられました。会場は、平日なのにほぼ満席でした。比較的舞台に近い席での観劇は、充分目を楽しませてくれました。

ここの施設を利用することは、初めてではございません。息子が、三菱マテリアル㈱に勤務していた時に、何度か今は亡き娘の佐知（保子）と訪れたことがございます。当時は、私の足も不自由ではなく、世界最大の大露天風呂などに娘と浸かり東北の温泉気分を満喫したものでした。温泉に浸かり、湯煙の立つ中、三味線の音を聴きながら障子に写し出された、日本髪を結った着物姿の女性の影芝居を見ることは、江戸情緒をたっぷりと味わうことが出来ました。素敵な舞台の演出でした。

ハワイアンのショーも、素晴らしく、本場ハワイに子供たちと行った時に見たフラダンスと遜色ないほどの出来栄えです。ハワイのサンセットクルーズで夕陽の中、トロピカルジュースを飲みながら子供たちとフラダンスやハワイアン音楽を観劇した当時のことが、脳裏に蘇りました。

ワイキキビーチからダイヤモンドヘッドを眺め、ワイキキビーチの通りでも、金髪の娘さんたちがフラダンスを踊っています。観光都市ハワイでは、日常生活の何気ない中にもフラダンスが定着していることを知らされました。

ところで、ファイヤーナイフダンスも国内唯一の迫力あるショーを展開していました。今回は、昼のショーを見るだけで、足が不自由の為に入浴は出来ませんでしたが、楽しいひと時を過ごすことが出来ました。市のご招待に厚く感謝致しております。

まだまだ若ければ、プールに行って泳ぎたい気持ちですが、今は水着姿の溌溂とした若いお嬢さんたちの楽し気な姿を遠くで眺めるだけです。

館内の部屋には、来場された芸能人・歌手たちの色紙が飾られていました。読めないようなサインも多いのですが、色紙の下にキャプションで名前があるので誰だかわかります。ピンク・レディーや新沼謙治、渥美二郎さんなど多数の人たちが訪れていたことが分かります。

同じ部屋には、小さな純金風呂が展示されていました。息子は、以前この施設で純金風呂に入ったことがあるそうです。今は展示されているだけですが、当時は一般客に純金風呂が開放されていました。息子は、王様気分になって純金風呂の贅沢さを充分に満喫したそうです。

食事は、館外のレストランで息子と洋食を取りました。年齢的に食も細くなり、沢山は頂けませんが、食べるものはすべて美味しく有難いと思っております。

九月の敬老の日には、日ごろの感謝の気持ちと長寿を祝って、長男昭生は、スラックスを三本、次男佑季明は、カシミヤのセーターを三枚贈ってくれました。これらを身にまとってお洒落して出かけたいものです。

子供を産んでおいて、本当に良かったとしみじみ思います。

敬老の日は、国民の祝日として、国民皆さまから祝っていただける日と、改めて感謝の気持ちで、一杯でございます。

二　金魚

「只今！」明るく元気な声で息子佑季明が帰ってきました。私が「お帰りなさい」と玄関に出ますと、息子の右手には、小さなビニール袋に入った金魚（和金）が、口をパクパク空けて五・六匹泳いでいました。「あら、かわいそうに。ここで死ななければいけないなんて！」私の第一声でした。息子は出鼻をくじかれたようでした。「きんぎょ迷惑なことを言わないでよ！　折角買って来たんだからさ」息子は、早速庭に出て庭先に置いてあった、雨水が溜まった外周30センチ高さ15センチ程の陶器を、玄関に置き、水草を入れ、また川石の小石などを形よく数個配置していました。陶器は絵模様の入った趣のあるものでした。陶器の中に浄化剤とエアーポンプをセットして取り付け、電源を入れると、勢いよく空気が送り込まれ、泡がぷくぷくと吹き出してきました。ビニール袋から金魚を五匹水槽に入れると、元気に泳ぎ始めました。買って来たばかりの金魚は、勢いよく泳いでいました。息子も一連の作業を終え、満足げな表情を浮かべていました。また、金魚の餌を少し撒き、彼らは小さな口をパクパク開けて、美味しそうに食べていました。用意周到だなと思いつつ、果たしていつまで生きてくれるのだろうかと、一抹の不安も付きまとっていました。

昭和三〇年代、新宿のわが家の南側に、大きな瓢箪池を作り、鯉や金魚・亀など放していました。

夏祭りに、子供たちが金魚すくいですくってきた金魚も中に入れ、魚の数もいつの間にか増えていました。ガチョウなども池で水浴びをして、賑やかな風景でした。

当時は、夏の風物詩として、金魚売りもいました。夏の暑い日に、陽に焼けた老人が、麦わら帽子を被り、首にタオルを巻き、「金魚いー、金魚いー」と言ってリヤカーを引き行商していました。水槽からは水が、アスファルトの陽に焼けた熱い道路に少しこぼれ落ち、ぽつぽつと滲んでいました。

あれから、半世紀近く、犬も猫や小鳥も金魚も飼うことなく、今日まで過ごしてきました。

動物たちの世話をすることが大変なことと、死に直面することが辛いことなどが、買わない理由と言えましょうか。自分の世話も大変だというのに、とても動物たちなど飼う余裕などありません。それでも息子は、さほど手のかからぬ金魚を買ってきました。私の冒頭の発言も、数日で結果が出てしまいました。あれだけ勢いよく泳いでいた金魚二匹があろうことか陶器の水槽から飛び出し、玄関のタイルにひなびた惨めな姿を横たえていました。可哀相に。どんなに元気な金魚も、水がなければ生きてはいけません。息子は、「ああ……」と大きなため息をつき、落胆していました。庭に手燭スコップで黙々と穴を掘り埋めていました。

金魚店によりますと、金魚も鯉と同様に水上に飛び跳ねる習性があるそうです。息子は早速、バーベキュー用の金網を買い求め、陶器の上に置きました。サイズもぴったりです。「これで安心したよ」と息子は安堵の表情を浮かべ、金網越しに金魚をしばらく眺めていました。金魚は、人の気配を察して、水草や岩の間に素早く身を隠して、じっとしています。

来客者は、玄関に置いてある金魚に気が付き、「あら、金魚ですか?」と一様に声を掛けてきます。「ええ」と私。一か月も経つ頃、一匹が水中の下で動かずに死んでいました。息子は残念そうに、死んだ金魚を黙って取り出し、庭の土に埋めていました。残りは僅か二匹です。

広い水槽で元気に泳いでいます。水も少し減ってきたので、息子はペットボトルの天然水を注いでいました。

あれから一月、残りの二匹も赤い腹をのぞかせ浮かんで死んでしまいました。僅か二か月一寸の短い命でした。息子は黙って、二匹を土に還しました。無言で水槽の中の浄化剤などを片付けていました。無念だったのでしょう。金魚は、ひと時の憩いを息子に与えてくれました。私の介護をしながら、息抜きとして金魚を求めたのでしょうか？

平成二九年一一月

三　中華人民共和国

中華人民共和國（以下中国）は人口十三億人を超え世界一位。面積でも９６０万平方キロメートルあり世界四位を誇る巨大国家である。中国共産党がこれだけの民を把ね、今や国民総生産（ＧＤＰ）で日本を抜きアメリカに次ぐ経済大国に成長している。公害問題などをはじめとする諸問題を抱えてはいるが、その成長力には目を見張るものがある。かつて、中国文明は大陸から我が国に伝わり、日本文化・教育芸術などに大きな貢献を果たしてきた歴史がある。

日本との関係で特筆すべきことは、一九七二年九月、田中角栄総理と周恩来首相が日中国交正常化に署名され、両国の国交が回復されたことである。

ところでこの度、平成三〇年四月四日付け中国の国家レベルの週刊誌「中華読書報」に日本の高齢作家として私の紹介記事が掲載されている。

この週刊誌では、私の履歴を細かく紹介している。一九一七年に新潟県の小千谷で生まれ、佐渡鉱山女性事務員第一号であること。

また同人誌「文学往来」にも触れている。主要作品には『信濃川』『遠い海鳴りの町』『佐渡金山の町の人々』『佐渡金山を彩った人々』『田中志津回顧録』短歌『雲の彼方に』随筆集『年輪』全集『田中志津全作品集』などを挙げている。またNHKでドラマ化された『雑草の息吹き』は夫との酒乱生活に於ける波乱万丈の生活苦を描いた作品と解説している。

処女小説『信濃川』は明治時代の小千谷を舞台にした母をモデルとした私小説である。細かな描写で、事象と真摯に向き合っている。母は八十一歳で病死した。長編小説『遠い海鳴りの町』は作者の自伝的な作品で青春時代を描いている。父親を五十四歳で脳梗塞で亡くして人生最大の悲しみを味わった。『佐渡金山の町の人々』では男たちの戦争体験の壮絶さと女たちの戦争へ関わってきた悲惨さや残酷さを描いている。長編小説『冬吠え』は結婚生活の失望や逆境をバネに文学を創作してきた作者の力量が伺われる。『佐渡金山を彩った人々』では日本軍国主義の中、青年たちは戦争に召集され、戦地から佐渡に帰還した青年は身体の手足を切断された残酷な描写も描かれている。また娘田中佐知も紹介して頂いている。詩人で随筆家、著書には『さまよえる愛』、詩集『砂の記憶』などがある。息子の佑季明についても写真家であり、日本文藝家協会並びに日本ペンクラブ会員とある。著書には『邂逅の回廊』写真集などがある。

また新潟県には文学碑が建立されている。その一つは、佐渡の『佐渡金山顕彰碑』であり、小千谷市船岡公園の『田中志津生誕の碑』・いわき市大國魂神社には、母子文学碑として母・娘・息子の三基の碑が並んで建立されている。永久記念碑である。

平成二九年一一月には、息子佑季明との共著『愛と鼓動』を刊行。百一歳の作家の健康と長寿を祈念している。

北京語で書かれた文章を息子佑季明が意訳して解説してくれた。

実は、中国での私のプロフィール及び本の紹介は、国立愛知教育大学大学院教授時衛国氏が関わっている。息子が日本ペンクラブの懇親会で時教授にお会いしてこの度の実現に至った。時教授は日本の作家たちの本を翻訳して数多く中国で出版している。

彼は中国山東大学客員教授でもある。日本ペンクラブ会員、日本翻訳家協会員。カシオ学術賞受賞者。日本の作家、立原正秋、渡辺淳一、津村節子、石田衣良などの小説を翻訳して中国へ紹介している。時教授には、大変感謝している。私の作品が中国の多くの人たちの眼に留まり、私の存在を知っていただけることは、至上の慶びである。

平成三〇年四月吉日

四　組曲

娘佐知は、今を生きている。一三年前に病に倒れ六十歳直前で他界した田中佐知（保子）。しかし、没後もほぼ毎年新刊書を刊行している。

詩集・遺稿集・随筆・絵本詩集・全集・現代詩文庫を刊行。

また、いわき市の平サロンや新宿歴史博物館では、追悼展、東京・なかの芸能小劇場の朗読劇、今秋には次男佑季明の世界展が、いわき市勿来関文学歴史館で催された。娘の写真と著書も陳列した。

音楽関係では、娘の詩を福島大学卒の荒川誠氏により現代音楽として作曲頂き、草野心平記念文学館で演奏された。またアリオスに於いて、現代音楽「孤独Ⅰ・Ⅱ」が録音収録された。

また、平成二八年、埼玉りそな銀行本店にて、埼玉大学の斉藤まりのさんが、同大学のコンサートで、娘の「痛み」を作曲・指揮され混声合唱で演奏された。東京中野から息子と演奏会に出かけ、感動を共有した。

平成三〇年春には、早大准教授森山至貴氏（社会学者・作曲家・ピアニスト・第二十二回朝日作曲賞入賞）により、組曲を制作して頂ける運びとなった。森山氏には、平成二七年「愛」と「鼓動」を作曲頂き、津田塾大学ホール及び三鷹市芸術文化センターで演奏された。いずれの会場でも、森山先生にお会いさせて頂き、そのお人柄に敬意を払った。私は、息子と同伴させて頂き演奏を聴き熱い感動を覚えた。音楽関連の教育芸術社や音楽之友社により、教師や学生さんたちに、娘の曲の楽譜が紹介された。親として大変光栄であると同時に、各諸氏には大変感謝申し上げたい。

来春四月一日には、文京区の混声合唱団アンサンブルポラーノの皆様方により、森山至貴氏作曲の組曲「鼓動」が、埼玉県川口総合文化センター「リリア」音楽ホールで初演される予定だ。私の体調が良ければ、次男佑季明と是非鑑賞に出かけてみたい。

この組曲の「田中佐知の詩」をここで紹介したい。

一　風はいつも

風はいつも　水色を含んでいるので　わたしの心は
湖水になることが　できるのです

風はいつも　すき通っているので　透明だから　わたしを通るとき
わたしは　透明になることが　できるのです

風はいつも　やさしさと　冷たさを　もっているので
わたしは　二つの世界を　知ることが　できるのです

風はいつも　通りすぎるものだから
わたしは　今を　通りすぎていると　わかるのです

二　逃げた言葉

わたしの心が　ふと　視線を外したら
捕まえかけていた　言葉が　逃げていってしまった

かくれんぼのように　いたずら気に
わたしを見やり　影の中に　消えてしまった

わたしは　その言葉の横顔を
一瞬　見たのだけれど……

たぶん　言葉は　うれしそうに
暗い葉陰の中で　ひっそりと　煌いているかもしれない

三　砂塵

はじめから　すべては　なぜ
ことごとく終わりなのだろうか

倖せは　わたしの眼差しによって枯れ
わたしが触れるものは　すべて　ガラスのように壊れた

あるいは　触れる前から　世界は　きり刻まれた悲惨のように
覆された地球のように　醜さと矛盾と怒りと悲しみに満ちて
私のまえで　烈しく息づいていた

そして　どろどろした闇　から目覚めると
わたしは　砂　だった

形もなく　まとめようもなく　火の風にだけ
流れる　砂塵だった

四　鼓動

一瞬のなかに　そよぐ樹木の
何千年もの　緑の系譜

泳ぐ魚の　舞う蝶の　沈黙の石の
はてしなき空の　いのちの水脈

はるかな流れをついで　ちいさなわたしの中へさえ
めぐりめぐる　血のあつさ

すべての生きものの証のように
休みなく　ゆるやかに回転する地球

いま　あふれくる海のように　あなたがいる

饒舌なことばは地に沈み　鼓動だけが
しずかに　世界をつつむ

森山氏は、この組曲を制作するにあたり、佐知のどの詩を選択するか、だいぶ難儀したと、息子に述懐していた。改めてこの四つの詩を読むと、娘佐知の揺れ動く心模様や鋭い感性をバランスよく、構成いただいたと思った。感謝している。娘の詩に、新進気鋭の作曲家森山氏がどんな曲を作曲し、詩と作曲のハーモニーが生まれるのか、今から大変楽しみにしている。

田中佐知は、次のような言葉を残している。

「優れた詩には、真実がきらめき、生命が宿る。言葉で組み立てる世界は、地味な力仕事でもある。だが、詩を書く者は、わが内なる声、そして万物の言葉にならない言葉をすくい上げ、心を通わすことが使命のように思われる」と語っている。

そして、「わたしのいのちはいつもいまであり、億年の古代であり、未来でもあるであろう」と語る。

平成二九年一二月初頭

五　年賀状

元旦に、郵便ポストに束ねられた年賀状が届くのを毎年楽しみにしている。

年賀状を見て読んで、また新しい年のはじまりだと思う。心新たに、再出発して目標に向かって新鮮な気持ちになるのも事実である。

夫が生存中は、年賀状の届く枚数が、家族の中では、圧倒的に夫が多く、毎年一五〇枚ほどあった。主に取引先や親戚・友人たちからの賀状である。次いで私の七十枚前後で、子供たちと続く。夫が現役時代は、この序列は変わることがなかった。夫の没後は、次第に子供たちの枚数が増えていった。

年賀状にもいろいろの顔がある。両面印刷は、僭越ではあるが、無味乾燥とは言わないが、少し味気ない。頂いているのに言えた義理ではないが、そう思う時がある。裏面にはカラーで謹賀新年・迎春・あけましておめでとうございます。と年賀を祝う文字や言葉が並ぶ。印刷物でも、お元気ですか？　と一筆添え書きされているものには、どこか暖かさを感じる。また版画を刷った力作や絵手紙、家族の近況の写真を撮影して印刷したもの。両面手書きで、達筆な筆書きのものまで千差万別である。どれがうれしいかと言えば、勿論皆有難いが、やはり、心の籠った賀状には敵わない。上手い下手とは関係なく、人柄や、人間味が漂っている賀状には、ふと、目が止まりその人の面影が立ち現われ、懐かしさを覚える。そんな想いもあるのだが、私は数年前から、賀状はほとんど書いていない。ご無礼をお許し願いたい。賀状を頂いた方には、大変失礼なことをしていると、深く反省はしているのだが、この年齢百歳になると、賀状を書く作業が、正直しんどい。息子と共有する知人・友人には息子の賀状に名前を添えることでご容赦頂きたいと思っている。

息子も、今年からは厳選して三十枚以内に収めるぞと意気込んでいたが、年末までには結局一三〇枚ほど書いていたようだ。

年賀状の楽しみは、ご無沙汰していた人からの便りというのも勿論あるが、お年玉の抽選も楽しみの一つであろう。流石に私は、当選番号を調べる意欲もない。どうせ当たりはしない年賀状を、息子は一枚一枚丁寧に確認している。我が家の当選番号は、ほとんどが記念切手かレターセットだ。息子は一字違いの当選番号が数枚あると悔しがっている。くじ運は、昔から良くはない。さて、こちらから出した年賀状は当選しているのだろうか？ 高額商品でも当選していれば、相手から連絡があるかもしれないが、いまだそんな連絡はない。当選しても、いちいち連絡は多分しないだろう。余計なことは、考えない方が良い。疲れるだけだ。最近は、年賀状を出さない若者が増えているという。電話やメールで済ませているという。これも時代の趨勢なのだろう。日本郵便も困った現象だと思っているだろうが、企業などは、取引先の会社関係に律義に年賀状を出している。こうした企業の下支えなどがある限り、今後も決して年賀状が無くなることはないだろう。

年の初めに、賀状を読みながらそんなことを考えていた。

平成三〇年正月

六　誕生日

百一回目の誕生日を、一月二日、一足早く小名浜のオーシャンホテルのレストランで長男昭生と次男佑季明で祝ってくれた。

二時間半余りの宴であった。本来、一月二〇日が私の誕生日であるが、長男が年末年始いわきで過ごしたため、急遽二日に決めた。昼下がりのレストランは、ほぼ満席で、客たちはそれぞれの思いで新しい年を迎えていた。

正月は、子供たちに囲まれ、お節料理と美酒に酔い（私はあまり飲めない）、テレビの歌番組や娯楽番組を見て正月気分を満喫した。

レストランでは、食事の他にビールと日本酒を頂いた。親子水入らずで正月を迎えるのも久しぶりである。

私もこの年まで生きるとは、正直思っていなかった。怪我などは、子供の時から今日まで良くしたが、大きな病気はせずにここまで生きてきたことにとても感謝している。弟や妹を亡くし、また最愛の娘佐知を失い、孤独ではあるが、長男・次男が元気でいてくれる。私も物忘れが、一昨年あたりから顕著で呆れることも多々あるが、何とか自分のことは自分でするように心がけている。物忘れには、こまめにメモ書きするようにしている。そのメモ書きもメモしたことを忘れていることが問題である。最近、同じことを二度書くなど、苦笑することが多い。それでも、自分では、人に迷惑をかけないように生活している積りだ。そうは言うものの、次男には、買い物・料理・洗濯・入浴と世話になっている。たいして文句も言わず黙々と仕事をこなす次男には、常日頃感謝している。長男は遠く離れていることもあり、誕生日など記念日には欠かさず贈り物をしてくれる。子供を産んでおいて本当に良かったと思っている。私は幸せ者である。

今日は天気も良く、太平洋に浮かぶ照島もさざ波に打ち寄せられて穏やかな表情だ。三・一一で照島も三分の一が津波で削り取られてしまった。自然の驚異を痛感している。長い人生いろいろ波乱万丈の経験をしてきた。今日の太平洋のように穏やかで、銀色に輝く海のごとく、いぶし銀に光る人生を過ごしてゆきたいと思う。

本日の宴は、長男が費用を全額負担した。弟は、花束と私に冬の軽くて暖かい防寒着をプレゼントしてくれた。テーブルの上には、弟がパリの街頭で撮影した娘のカラースナップ写真盾が置かれ、こちらを優しく見て微笑んでいる。

「お母さんお誕生日おめでとう」と語りかけているようだ。かつて娘は、私の誕生日に、次のような言葉を色紙の寄せ書きに書いてくれたことを思い出した。

「佐渡の海がいつも心に、青春のきらめきのように輝いているお母さん!! これからも青春のように、若く美しく健康で長生きしてください。みんなの願いです　佐知」

平成三〇年正月

七　寄稿

昨年、二つの寄稿依頼が舞い込んだ。一つは、母校、新潟県小千谷市立小千谷小学校校長岡村秀一氏からだった。

平成二九年一〇月一日創立一五〇周年を迎える。日本一古い歴史と伝統のある小学校である。

両親の増川兵八と青木ミツも同校の卒業生であった。私は小学校四年生まで通学していた。

その後、父親の新潟県庁転勤に伴い、私は新潟市の鏡淵小学校に転校した。

岡村校長曰く、小千谷小学校一五〇周年記念誌を五〇年ぶりに発行するという。ついては、私に原稿を寄稿して頂けないか？　枚数は編集前なので制限はないという打診であった。後日、了解の旨をお伝えした。校長先生は、飛び上がって喜んだという。確かに、当時の大正・昭和初期の様子を知る、現役の人は少ないであろう。例え、ご健在であったとしても、多分、僭越乍文章を書ける人は少ないであろう。幸い、私は文筆業でもあり、生き証人として、当時のことを思い出して執筆することにした。微力ながら、記念誌に寄与させて頂きお役に立てれば、誠に嬉しく思う。

「回想・小千谷慕情」を原稿用紙八枚ほどに纏めた。当時の学校の様子では、冬には、みの傘を被り藁沓を穿いて通学した。体育の授業では、学校の裏山で、着物姿でスキーを滑った思い出、天長節の時、校内で天皇・皇后の御真影を拝見、校長や生徒たちの厳かな様子。豪雪地帯の小千谷は、電信柱まで雪が積もり、その上をソリが走っていたこと。「塞の神（さいのかみ）」が近くのお寺の空き地で催された。大人や子供たちが、正月飾りなどを持ち寄り、三角形にうず高く積み上げて火を放ち、勢いよく燃える中、竹などに刺した餅を投げ入れて、頃合いを見て食べる。その周りでは、大人たちが祝宴を挙げている。子供たちは、羽根突きや、凧揚げをしている。また夏の蛍やイナゴ採りの様子など記憶を辿って書いた。過去の記憶は、鮮明に覚えているが、最近は物忘れが顕著で嘆かわしい限りだ。

戦中に東京から子供を連れ、小千谷へ疎開した。長岡の大空襲を小千谷から見て、戦争の恐ろしさを身に染みて感じた。「平和よ・永久に」と願いたい。また玉音放送を小千谷で聴き敗戦を知った。

流言飛語が飛び交いロシア兵に襲われるので、女・子供は自決せよなど、とんでもないデマが流れた。関東大震災でも流言飛語が多くの人々を傷つけた。どうして流言飛語が、起こるのだろう。ある種の人間たちが意図的にデマを流しているのだろう。非人間的で、断じて許すことはできない。

平成二九年一〇月一日、息子と創立一五〇周年記念式典にご招待されていた。新潟のホテルも二泊予約して参加する予定でいた。だが、式典前に入院を余儀なくされ、出席することが出来ず至極残念であった。女性教頭先生から、メッセージを贈っていただけないかということで、病院から短いお祝いのメッセージを送らせて頂いた。

記念誌は平成三〇年二月頃届く予定で、大変楽しみにしている。

もう一つは、東京新潟県人会・広報ご担当の端房代さんから、平成二九年一一月に刊行した『愛と鼓動』愛育出版の紹介文の寄稿のご依頼があった。

寄稿文を紹介してみよう。

『愛と鼓動』に寄せて

平成二九年一一月、私田中志津と息子佑季明の共著『愛と鼓動』が愛育出版より刊行されました。亡き娘佐知の詩のタイトル「愛」と「鼓動」からこの本のタイトルを決めました。「筆を執り我が人生を書き留めん書くことだけが我が命なり」私の短歌そのままの人生でございます。息子の随筆、小説と私の短歌と随筆を纏めました。

百歳になる私は、あとどの位生かされるか神のみぞ知るところでございます。私のルーツは、新潟県の小千谷でございます。また、新潟県各地に纏わる随筆を執筆しております。百歳を振り返っても見ました。長いようで短いあっという間の人生と言えましょうか。郷愁と寂しさが同居しています。残された人生を如何に生きようかという永遠の命題もございます。

当面私は、佐渡金銀山世界文化遺産登録が、最大の願いでございます。

故郷を愛する者の一人として、また佐渡鉱山女性事務員第一号として、先人の大先輩たちの夢を叶えさせてあげたい気持ちで一杯でございます。夢はいつか実を結ぶものと信じたいものでございます。

まだ、私には、いくらかの作家魂が灯っているのだろう。生ある限り灯を絶やしたくはない。

今まで寄稿は、新聞社・行政・雑誌など幾つかに執筆してきたが、百歳になっても、こうして、寄稿のご依頼を受けることは、大変うれしく思っている。「新潟県人」二月号と「小千谷小学校一五〇周年記念誌」を楽しみにしている。

平成三〇年一月

八　桐箪笥

嫁入り道具として、母のミツに小千谷で買ってもらった桐箪笥がある。昭和一六年一二月二四日田中一朗と結婚した。増川の姓を変え嫁いだ。目黒の雅叙園で賑々しく結婚式を挙げたが、気の進まぬ結婚だった。仲人に気を使い、断ることもできずに、小千谷で見合いをした。

父親が生きていたならば、この結婚はなかったであろう。無知程怖いものはない。今ほど情報が過多な時代と違い、私自身結婚の何たるかも充分に理解をしないままに嫁いだ。官吏の娘として、順風満帆な生活を過ごしてきた娘時代。結婚を機に、上京して生活環境の全く違う、商人のパン屋の大家族の家に嫁入りした。唯一、夫は酒も煙草もやらない真面目な男で、学業成績も優秀だった。明治大学の商科では、授業料を免除されていた。

私の母ミツは、雪降り積もる小千谷の雁木通りにある家具屋で、桐箪笥を嫁入り道具として、私に持たせた。嫁入り道具としては、この桐箪笥と理研に勤めていた当時、職場からお祝いで頂いた鏡台だった。

桐箪笥は、昭和一六年から平成三〇年までの七〇有余年に亘って、私と苦楽を共に生きてきた思い出深い家具である。東京目黒区にある夫の実家の二階に居住することになる。そして、昭和二七年には、新宿の百坪程の自宅を購入した。新宿には四三年間住んでいた。

新宿時代の二〇年間は、子供の成長への楽しみはあるものの、夫の酒乱に翻弄され、地獄絵さながらの生活であった。幼い子供をも巻き込み、罪深いことだった。

桐箪笥は、そんな生活の中でも、じっと辛抱強く生き続けて家族を見つめてきた。高さ170センチ・横95センチ・幅43センチ五段、上部には、三つの小引き出しと最上部には、引き戸があり、小物が入る。各引き出しの両側には、半円形の趣ある金具が取り付けられ、金具を止める下地にも透かし彫りの花模様の金具で仕上がっている。引き出しの中央には、各段に小さな丸い金具の鍵穴がある。箪笥に収納する呉服などは、高級品なので、盗難防止の為に備わっている。気品と重厚感のある桐箪笥である。母ミツは夫を亡くし、経済的にも左程裕福でもない生活の中で、娘に桐箪笥を持たせてくれた。親には、今でも感謝している。

桐箪笥の中には、私の大島紬の着物や、羽織、櫓の着物・帯・襦袢、娘の晴れ着等々の高級衣類と多くの宝石類など、貴重で想いで深い品々が収められていた。だが、夫の独立事業や家賃収入もあてにならず、生活苦から、質屋には、高級呉服の数々と、夫の外国製生地の高級モーニングなど、金目の品々を入れた。期限まで返済金を工面して、引き出す予定であったが、支払いも出来ず、断腸の思いで、高級品の数々を流してしまった苦い経験がある。

桐箪笥を購入した当初は、真っ白い気品のある箪笥であった。だが、年月と共に、色が疎らにくすんで浸みてきてしまった。それは、無垢な娘の心が、荒れ果てくすんでしまい、まるで自分自身の姿が投影されているかのようにも思えた。人生という長い回廊の時間経過が、恐ろしいほど、早く私の中を通り過ぎて行ってしまった。

私は、近所の箪笥屋で、表面を削り直してもらうことにした。十日もすると、見違えるほど真新しい箪笥が、わが家へ戻ってきた。

その後、新宿の自宅を売却して、所沢へ子供と一四年余り過ごした。そこでも、桐箪笥は重要な家具の一つであった。部屋に重厚感と存在感をもたらしていた。娘保子（佐知）の没後、次男の住むいわき市へ引っ越してきた。いわき市在住時に、千年に一度の東日本大震災（二〇一一年三・一一）を経験した。その月の三月末から、次男と東京へ最小限の荷物を纏めて、五年間自主避難をした。昨年三月いわき市へ戻ってきた。自宅には、見慣れた古くて浸みの出た桐箪笥が、一階の八畳の和室にひっそりと置かれていて、私を待っていた。

私は今年一月二〇日で、百一歳を迎えた。

人生の風雪に耐えて、よくぞここまで生きてきたかと思うが、桐箪笥のように、大分疲れてきたことも事実である。私は、僭越ながら、これまでの人生で培ってきた人生の引き出しを一杯持っているように自負はしている。だが、最近、箪笥の引きだしを空けていないように、私の引き出しも、十分に開けきれていない。宝の持ち腐れにならないことを留意しながら、残りの人生を精一杯、生き抜きたいものである。

平成三〇年三月

九　回想　二階部屋

もう七年も二階の部屋へは、上がっていない。寂しいことである。

新宿の自宅は大きな平屋建てであった。主人が平屋に拘っていた。多分、大手企業に勤務していた時の、料亭遊びの影響だろうか？　家は総檜造りで、贅を尽くしていた。当初は、夫の貯えと夫の親からの資金援助もあり羽振りが良かった。玄関には玉砂利を敷き踊り場も広かった。正月には、獅子舞が訪れ新年を賑々しく祝った。和室の天井板には何本もの桜の木をあしらい、廊下には、大きな太い檜の丸太一本が使われていた。廊下を挟んだ和室には障子があり、障子の半分下側にはガラス戸がはめられていた。日本の古くからある老舗の料亭風だった。

冬の日、和室から、障子の半分を上げて、庭を見ると、庭木に積もった美しい雪景色が見えた。

風情のある家だった。床の間にも拘り、掛け軸は、鷲が松に停まり、眼光鋭く眼下の獲物を狙っている迫力ある画だった。また、床の間の横壁には、曇りガラス戸に木の彫刻で鶴だったか鳥が飛んでいる風情ある窓がはめ込まれ、凝った家造りであった。壁はすべて漆喰だった。家具には、料亭で宴会に使う時の大きな漆の低い座卓が置かれていた。1メートル70センチ程の長さがあったであろうか。一人では、容易に動かすことが出来ない立派な座卓だった。

就寝時は、座卓を部屋の片隅へ、横に立てて置かないと寝られない状態であった。時々、子供たちと座卓の中央にそろばんを二つ立てて、ピンポンの卓球台に使った時もある。子供たちと遊びに夢中となり楽しんだものだった。

当時、一般家庭では風呂も少なく、近くの銭湯に通っていた時代だった。我が家の檜風呂に入りに来る隣人もいた。檜の香を浮かべて、子供たちと風呂に浸かり贅沢な時間を過ごした時もあった。

そんな生活も四・五年で、大企業退職後独立事業の失敗により夫の経済的貧困から、一家は波乱万丈な生活を迎えた。

夫は明治大学商科の他に中央大学法学部を卒業していたので、一時期司法試験を受験する気持ちもあったようだが、いつの間にか諦めてしまった。

その後、二〇年縷々あったが、不本意ながら自宅を取り壊し、二階建ての大きなアパートに建て替えた。つまり、アパート経営に乗り出した。自宅は、アパートの中に一・二階合わせて五室設けた。五人で住むには、充分の広さだった。アパート部分は一・二階で七部屋。女子医大生たちやデパートの女子寮などにして貸した。新宿という土地柄、便利で閑静なアパートは、空室期間は殆どなかった。アパート以外の二階は、主に子供たちの部屋として使っていた。

二階の部屋からは、新宿の高層ビルが見える。西空には、空を染める真っ赤な夕焼けが広がり、刻一刻と変化してゆく空を眺めるのが好きだった。夫との苦渋な生活の中で、人間世界とは違い、自然界の雄大さにどんなに心が癒されたであろうか。

娘の部屋からは、庭木が風に揺らいで見える。庭の風景から幾つもの娘の詩が生まれた。「梨の花」「木とわたし」そして、庭に突如出現した「蛇」等々である。それらは、詩集や絵本として世の中に発表された。

娘の二階の部屋からは、艶のある三味線の音が流れていた。

二階の部屋で、家族と共に、テープレコーダーを囲んでドラマを聴いた思い出が懐かしい。私の随筆日記『雑草の息吹き』が、『今日の佳き日は』として、劇作家郷田悳氏によりＮＨＫでドラマ化され放送された。夫も「全国津々浦々に放送される」と喜んでくれた。

また、晩年の夫は、私の『信濃川』の在庫を家から黙って持ち出して、知人や近所の人たちに何冊も配って渡していた。以前、私が小説を書くことにあれだけ反対していた夫だったが、本の完成を見て、余程嬉しかったのであろう。そう言えば、夫が私に理解を示し、紀伊國屋で分厚い広辞苑を買ってくれたことがある。また、近所の本屋で、平凡社の百科事典を予約して、全巻揃えて買ってくれたこともあった。小説を書く上で大変役立った。その時も夫に感謝していた。荒れ狂った酒乱生活の中でも、酒が入っていない時は、優しい一面もあった。旅に出た時は、各地の観光名所の歴史など解説をしてくれた。知識の豊富さに驚かされたこともあった。特に東北のひなびた温泉に行った時などは、普段見せない優しい夫に代わり、別人のようだった。

元来、夫は勉強好きで、知識量も豊富で、学習意欲が非常に高かった。だが、何故か子供たちに勉強を教えている姿を、一度も見たことがなかった。夫は子供に愛情というものが果たしてあるのだろうか？　否、平穏な時間より、飲んで暴れている時間の方が長い。勉強など教えている暇などないのだ。子供の教育は、女学校しか出ていない私が、子供たちの夏休みの宿題の手伝いをすることぐらいだった。

夫は、ＮＨＫテレビの英会話番組のテキストを開きながら、熱心に勉強していた。また、浴衣姿で和室に寝ころびニュース解説もよく見ていた。ＮＨＫの解説者が、学生時代の同期の方であった。酒さえ飲まなければ、おとなしく真面目な男だった。経営コンサルティングの時は、客に対して、理路整然と雄弁に分かり易く、アドバイスしていた。ああそれなのに何故「酒乱」なのだと悔やまれた。何度も酒を恨んだことがある。酒で自分を自分で破滅に追い込み、毎晩のように滅びの世界へと導いていった。

アパート経営をしてから間もなく、夫は、昭和五八年一二月五日・新宿の病院で、心不全で永眠した。長年酒におぼれた生活だったので、自業自得だった。夫との結婚生活は、一体何だったのだろうか？　反復してみるが、喜怒哀楽は在ったにしても、苦しめられた生活全般であった。私ばかりではなく、子供たちも巻き込まれ同様だった。しかし、私はどん底の生活環境の中でも、馬車馬のように働いた。いや、働かざるを得なかったというのが正しかろう。お陰様で、身体だけは丈夫だった。親には感謝している。私が病弱であったならば、厳しい生活環境下で果たして生き抜いてこれただろうか。幸い子供たちも素直に育ってくれた。

私も夫から人生を深く洞察する力を学んだ。「文学」という土壌が、ある面私を救って育ててくれた。同人誌に入り、やがて処女作『信濃川』を刊行した。その後、単行本・全集・短歌集・随筆集などを著した。一主婦だった私が、二人の理事青山光二・高橋玄洋両氏の推薦を受けて、日本文藝家協会の会員になった。

今年で会員となり四半世紀を超える。富士霊園にある協会の「文学者之墓」に生前登録をした。私の没後、娘の保子と遺骨を分骨埋葬する予定でいる。この墓には、広さの関係で二人しか納骨できない。

バブルがはじけた後に、新宿の自宅を売却した。バブル時は、七億円という途方もない値段が付いた。バブル後、所沢に自宅を購入した。航空公園に程近い場所に新居を構えた。

西武新宿線沿線で、住み慣れた新宿にも比較的近かった。だが、土地に慣れるまで一〇年は掛かった。所沢の二階のベランダで、近くの入間基地から飛び立つ戦闘機の爆音を時々聞くことがあった。戦争の悪夢がどうしても蘇ってくる。B29から投下される爆弾により、新潟県長岡の町が、夜空に勢いよく真っ赤な炎となって燃え上がっている。疎開先の小千谷で戦前見た光景である。恐ろしいことだ。戦争を知る者としては、断じて平和を維持し、反戦の立場は揺るぎないものがある。また、ベランダの窓辺から夜空に輝く北斗七星を娘と見たことがある。所沢の生活をそれなりに楽しんでいた。二階の応接間で、新潟のテレビ局から、新年の挨拶のインタビューを受けた。航空公園で四季折々の花々を楽しんだ。所沢在住時代の最大の悲劇は、最愛の娘を病死させたことだった。親より早く、六十歳直前で逝った。これから、作品を開花しようという矢先であった。至極残念無念である。没後、無念を晴らすべく、快進撃が始まった。娘の残された原稿が数多くあった。代表作の詩集『砂の記憶』をはじめ遺稿集・随筆集・絵本詩集・全集・現代詩文庫等々、出版社各位のご協力により、毎年のように刊行されて、高い評価を得た。残された家族のできることは、せめて、娘の本の刊行を実現することだった。お陰様で数多くの新聞・雑誌・テレビなどにも紹介頂き嬉しく思い感謝している。また、「生誕六五周年記念追悼展」を新宿歴史博物館に於いて次男が企画して開催した。

私が、九十歳を超え一人で暮らすのを次男が懸念して、息子の住む福島県いわき市に平成一九年六月移り住むことになった。いわき市は東北の湘南と言われ、太平洋には暖流と寒流が交錯している温暖な土地柄だ。

あの原発事故さえなければ、快適な生活が営まれた筈だった。平成二三年三・一一以降、次男と住み慣れた東京へ自主避難して平成二九年三月七日迄五年間住んだ。私は結婚以来、東京へは半世紀以上住んでいた。避難先の新築の十二階建て都営アパートも二階だった。避難生活中は、多大なご支援を関係各団体及び支援者たちより受けた。生涯決して忘れることはできない。大変感謝している。

息子は、イベントを東京といわき市で二度企画した。家族の本などを会場で販売して、十五万円程の支援金を新聞社に贈ることが出来た。それはせめてもの私たちの恩返しだった。

息子は、震災前から、いわき各地で催事を積極的に開催していた。

いわきの息子の自宅は、八十余坪あり建坪も五十二坪と、二人で居住するには、充分の広さである。

在職中、息子の転勤なども多く、いわきの家には、次男は多分五・六年位しか住んでいなかろう。家屋の地震による被害も割と少なく、壁のクロスに亀裂が入ったことと、家具や本・食器の散乱、調度品類の破損などがあげられる。居住するには、整理・整頓さえすれば問題はない。その整理・整頓だが、これが問題なのだ。この家には、三世帯分の荷物がある。即ち、息子が入居した時に揃えた家具・食器・衣服など。そして所沢から引っ越しをしてきた時の、私と娘・次男の荷物。それと昨年の自主避難先での引っ越し荷物である。引っ越しに当たっては、冷蔵庫・洗濯機・机・ベッド・額などかなり処分してきた。引っ越しにより、さまざまなトラブルもあった。墨絵の表装された山波の大きな額は、百万円すると言われていた。引っ越作業で、大きく破れ古かったことや、引っ越しの慌ただしさもあり、捨ててしまった。今から考えると勿体ないことをしてしまった。修正すればよかったと後悔している。娘の高額の三味線も使わないと思い捨ててしまった。あとで、娘にすごい剣幕で叱られた。本当に悪いことをしてしまった。深く反省している。

また、新聞各社掲載紙の多くの新聞をそのまま綴じておいたが、紙が変色し、ボロボロとなってしまい、残念ながら破棄してしまった。

人間が生活する上で、荷物が増え続けることは生活環境を圧迫するものだと痛感した。シンプルライフ程快適な生活はないと思う。

息子は、執筆活動に追われ、また私の介護にも奔走している。買い物・料理・洗濯・病院との連絡、薬の管理と大忙しである。家の中を整理・整頓している余裕がない。避難先の東京からは、いわきへ段ボール箱大小三百余りが持ち込まれた。未開封の段ボールも三分の一弱ある。部屋中段ボールの山だ。ごみ屋敷とまではいかないが、ひどい状況だ。地震の傷跡もそのままの部屋もある。家具が移動して、部屋のドアが開かない部屋もある。キャパ以上の収納に苦慮している。私が動ければ問題ないのだが、何しろ身体が不自由で働けない。清潔好きの私には耐えられないことだが、諸事情を考慮すると、目をつぶるしかない。部屋のことで、息子と激しく口論することがある。いつも私が負ける。息子に動いてもらわないことには、前に進まないのだ。

　避難生活後、早くも一年を迎えた。息子もやっと仕事の落ち着きを取り戻してきた。息子が動き出した。ハローワークに求人応募を出した。二日間朝から夕方まで二階の部屋を中心にアルバイトの女性に手伝っていただくことになった。段ボール箱の整理・本箱の整理・個展で使用した絵画・写真の収納及び清掃など、足の踏み場もなかった部屋が片付き始めたという。細かな整理整頓は追々にやるそうだ。懸案事項に目途がつき、息子もホッと一安心している様子だった。私は身体が不自由で二階には上がれないが、話を聞いて安心した。

　私が両足の大腿骨を骨折して、両足に金属ボルトが埋め込まれ、身体が最近特に痛みを伴い自由に動かない。七・八年前から、介護生活を想定して、家中にポールと手すりを取り付け、バリアフリーにした。以前は、家の中をポールや手すりを捕まりながら歩行できた。百歳を超えると、足腰の痛みを常に訴えて、息子の手引きと車椅子の併用で生活している。

　ポータブルトイレも一階の寝室とテレビ室にそれぞれ配置して万全を期している。息子には、身の回りの世話をして貰いとても感謝している。私一人だったら、とても生きては行けない。医者・看護師・リハビリと定期的に毎月家庭訪問してくれる。健康管理の点で安心である。周囲の人たちに見守られ生かされているのだ。生きていることも、身体が痛くて辛いことがある。そんな時、長く生き過ぎたと思う時がある。

しかし生かされていることにも感謝しなければいけないと思う。食事の量は、三分の一程度であるが、毎回おいしく食事がとれ、テレビなどでニュースやオリンピック・ドキュメンタリー・歌番組を楽しむことが出来る。地上波とBSで充分だ。好きな時に、新聞や読書もすることが出来る。息子の車でドライブをして自然や社会に触れリフレッシュすることもできる。有難いことで、幸せと言わねばなるまい。

かつて、いわきでも二階に自由に上がれた。

夏の日には、小名浜の花火大会を二階で子供たちと楽しんだ。また、満天の夜空に流星群を見たことが思い出される。東京の夜空と違って、いわきの夜空は澄んでいて、星屑が鮮やかに見える。感動したものだ。今は二階へは、手すりがあっても怖くて登れない。

例え登れたとしても、降りる時に、急な十三階段から足を踏み外して転倒したら命取りだ。私にとっては、まるで死への十三階段である。高齢者たちは、二階に上がらない方が多いと聞く。

ある年、二階の息子の書斎で、ＮＨＫのテレビ局のインタビューを受ける予定でいた。息子にリスクが多すぎると大反対された。万が一、転倒したらどうするの！　と一喝された。息子の言う通りだと思った。一階の応接室で、インタビューを受けることにした。二階があっても登れない無念さはある。

今日も階段の下から、頭上を恨めしく見上げているだけである。むなしいものである。

平成三〇年三月一八日

十　化粧

化粧など本格的にしたことが最近ない。別に女を捨てたわけではない。それだけ外出する機会や、人に会うことが少なくなっていることだろう。せめて女のたしなみとして化粧位はすべきなのだろう。朝起きて、顔を洗顔クリームで洗ったままの時もある。大体は、すっぴんだ。気が向けば、化粧水や乳液、唇に紅を塗る。何とも素っ気ない。しかし、人からは、不思議と年の割に皺がないと言われる。「どんな化粧品をお使いなのですか？」と聞かれることはよくある。そんな時、返答に困ってしまう。

化粧は元来嫌いである。何故なら自分の鏡に写し出された年老いた醜い顔を見ることが嫌なのだ。従って、化粧をする時は、若いころからなるべく鏡を見ないで化粧をしている。唇に紅をさす時も同様である。生前、娘から「お母さん鏡を見ないでよくお化粧ができるわねぇ」と呆れかえられていた。また、母親からも、「自分の顔に不満など持つもんじゃないわよ。綺麗に生んであげたのに、文句を言うなんて。感謝しなさい！」と叱られたことを思い出した。

美容院に行ってもしかりだ。大きく映し出された自分の顔を見るのが嫌いだ。頭の毛は伸び放題。まとまりがつかない。年の割には毛髪が早く伸びるのだ。頭髪の少ない人にお分けしたいぐらいだ。年を重ねても、髪の毛の成長は止まらない。爪は死んでも伸びると聞くが、毛髪はどうなんだろうか？　そんなことを考えることは蛇足だ。

二か月もすると「お母さんそろそろ美容院だね」と息子に促される。車椅子を使って美容院に出かける。

鏡に写し出された己の姿を見るのが恐ろしい。髪の毛は真っ白！　年からすれば当然であろう。美容師に「髪を染めていただけませんか？」と尋ねる。「染めない方がよろしいですよ。

とても自然な感じです。染めたらかえってこの自然な白髪が損なわれ、不自然になってしまいますよ」と言われる。美容院としては、染めれば料金も加算されるのに不思議なことを言われるものだと思っていたが、どこの美容院でもオウム返しのように同じことを言われるので、そうなんだろうと染めることを断念してきた。

女性はより美しく輝いていたい。女の永遠のテーマである。そのためには、女子中学生からお年寄りまで、化粧にとても熱心である。

若い娘さんたちは、寸暇を惜しんで、電車やバスの中で、人前も気にせずに化粧をしている姿を見かけたことがある。ＯＬは、出勤前に自宅で化粧をする時間がなかったようで、小さな化粧袋を膝に乗せ、本格的に化粧を始めたのには驚かされた。化粧するにもＴＰＯを考えないといけないと思う。常識が薄れてきた時代を嘆かわしく思う。

女が鏡に向かい、化粧をしている時は、みな瞬きもせずに真剣な表情をしている。人生にこのような姿勢で取り組めば、違った人生を送る女性たちも多いのではないかと余計なことを考える時がある。

化粧とは、広辞苑によれば幾つかの解説の中で「美しく飾ること。外観だけをよそおい飾ること」とある。化粧をすると、見違えるほど変身して美しくなる女性がいる。多くの女性は、スッピンの自分の顔を他人に見せたがらない。化粧をされて美しくなることには、誰も反対する者はいないだろう。美しいことは良いことだ。だが、自分のことを棚に上げて言うのも烏滸がましいが、外観だけでなく、内面も磨いて欲しいものだ。どんなに美しく装っても、常識やマナーが希薄だと人間性まで疑われてしまう。

私のような化粧嫌いの女性は、多くはないと思うが、化粧のメリットは大きいと思う。

連日化粧品メーカーのＣＭが流される。デパートの一階の化粧品売り場は、一等地に多くの内外のメーカーが立ち並び、華やかな商戦を繰り返している。化粧が出来るということは、平和であることの象徴でもある。戦争や内戦などがあれば、化粧をしている場合ではない。自分や家族の命を守ることが第一となるからだ。

アフリカの未開発地の裸族の女性たちが、顔に化粧をしている姿をテレビで見たことがある。また、台湾に行った時には、タロット族の老人が顔に入れ墨をしている姿に遭遇して驚かされた。現在は台湾でのそういう慣習は無くなったようだ。

化粧は、世界各地の女性たちにより行われ、男性たちの眼を楽しませ、また自分自身の美しさへの創造に貢献しているのだろう。

平成三〇年三月

十一　部屋の窓辺から

一人で外出することが出来なくなってどのくらいの歳月が経つのでしょうか。平成一八年息子と佐渡旅行の最中に、小雨降る春日崎の駐車場で傘が強風にあおられ転倒して右足大腿骨を骨折してしまいました。救急車で運ばれ、佐渡病院へ一ケ月入院しました。手術後すぐにリハビリをはじめ、その効果もあり、退院後はそこそこ歩行することも出来ました。

平成一九年六月、所沢の自宅を売却して、息子の住むいわき市へ移住しました。平成二三年二月仙骨骨折・尾骶骨骨折で一歩も歩けずに、いわきの小名浜の病院に緊急入院。翌月の三月一一日、入院先の病院で千年に一度の、M9の東日本大震災に遭遇。そのころから既に外出は自力では歩行できず、車いすを利用していました。自宅では、手すりやポールを使用して、自力でトイレ・洗面・風呂場など部屋への移動はできました。平成二三年七月今度は、避難先の都営住宅のベランダで、蜂をよけようとして転倒し、左足大腿骨を骨折してしまいました。杉並の河北総合病院には、三ケ月も入院した苦い経験があります。平成二八年私は、要介護三の九十九歳。年々歳々、身体も年齢相応の体力となってしまいました。都営住宅の手すりやポールを、掴まり乍ら、歩く姿は、なんともみじめで情けないことです。医者からは、「田中さんの年齢でこうして動ける人はあまりいませんよ。寝たきりの老人が多い中、田中さんは幸せ者ですよ」と言われます。しかし、身体が思うように動けず、足腰の痛みが厳しく、時々心が折れることがあります。長く生きていることも辛いことです。直近の物忘れや記憶力もおぼつかない時があります。そんな時、傍らにいる息子に励ましの言葉をかけられ、気を取り直すことがよくあります。ありがたいことです。かつて、どこへでも一人で歩けて出かけられた時代が懐かしく思い出されます。電車の切符を購入し、買い物にも何不自由なく出かけることが出来ました。最近は乗車券も一人では買おうとせず、すべて息子に任せきりです。なんとも情けない限りです。従って、自ずと自宅にいる時間が多い日々です。都営住宅の二階のガラス窓を開け、外の風を入れベランダに咲く四季折々の花々を見るのが楽しみです。つつじの花や三色すみれ・朝顔・コスモス・くちなしの花・日々草などの花の香を楽しみ、心がとても癒されます。息子が、時々花屋から小さな植木やシクラメンなどを買い求めて来ます。また、息子は「いわきオリーブ基金」に加入しています。我が家のベランダにもいわきから送られてきた1メートルほどのオリーブの木の鉢があります。福島県いわき市に震災復興のシンボルとしてオリーブの森を作るという壮大なプロジェクトが進められています。二〇二〇年には、いわきにオリーブの森が誕生する予定だそうです。NPO法人いわきオリーブプロジェクト代表の松崎康弘さんとは、いわきで娘の朗読会や息子の個展などで大変お世話になっているお方です。中野区といわき市はオリーブ事業で提携しているそうです。

私は南側の部屋にある、介護ベッドに腰かけ、窓辺の風景を見るのが、とても楽しみであります。そこには、自然との触れ合いがあり、また社会との繋がりもあるからです。ベランダに咲く花々や都営住宅の庭が借景ですが季節の花々を咲かせ、新緑や紅葉を楽しませてくれます。小さな窓辺から、季節の移り変わりの様を見ることが出来ます。冬の街灯に照らされて、しんしんと雪の降る風景。生まれ育った雪国の小千谷を思い出したりします。

また、広い澄み切った青空に、白い雲が悠揚と流れる様や、西の空に赤く燃える夕焼けには、都会の中でも自然の雄大さを感じて心が癒されます。都営住宅の裏側にある人通りの少ない歩道では、毎朝保育士に連れられた豆粒ほどの保育園児たちが、集団で大きな歓声をあげて通り過ぎてゆきます。とても賑やかで元気をもらえます。また、朝日の当たる歩道では、若いOLが、足早にハイヒールの靴音をコツコツと鳴らしながら歩いて行きます。これから職場に向かう少し緊張感のある姿勢に、社会生活の匂いを感じたりします。老人が犬をつれ散歩する姿も見えます。夏の日の午後、タクシーが木陰に車を止めています。運転手がシートを倒して休んでいる姿も見られます。学校帰りの中学生が、立ち止まり女友達と楽しそうに笑い声をあげ会話をしています。密室の中でも、窓辺からこうして社会の営みが垣間見れて楽しんでいます。

息子が、鳥の餌をベランダの植木鉢にまくと、五分後ぐらいにどこからか雀の家族が五、六羽飛んで来ます。私のいる部屋の中を警戒しながら、勢いよくおいしそうに餌を食べています。雀も生きなくてはいけません。きっと毎日を生きることに必死なのでしょう。雛が、身体を小刻みに震わせて、ちぃちぃ鳴いています。親雀が自分の餌を食べた後で、雛に餌を嘴で与えています。親雀も雛も同じぐらいの大きさですが、よく見ていると雛は雛です。親に依存して生きているのです。少しでも部屋の音や人の影が見えると、ぱぁーっと一斉に飛び立ってゆきます。ヒトの動きにも警戒を緩めません。たかがスズメと思っていても、雀たちは厳しい環境の中で生きているので、身の危険を冒してまでも餌に執着していないのです。夏の暑い日には、みーんみんと暑くるしい鳴き声で蝉が鳴いています。蝉は知ってか知らずか、己の限られた命を、体で精一杯表現しています。ひと夏の短い命を完全燃焼させている悲しい叫びに聞こえてなりません。

　冬になると、ヒヨドリがぎぃぎぃ鳴きながら、ベランダのリンゴの餌などを食べに来ます。つがいで来るときもあります。時々招かざる客、カラスが物干し竿にとまり、首を斜めにかしげて、警戒しながら部屋の中の様子を覗いて、餌を物色しています。少しユーモラスな表情を見せ親近感さえ感じる時があります。しかし間近で見る黒い大きな物体はやはり不気味で恐ろしいものです。こうして、部屋に居ながら、結構野鳥たちの生態を間近で見ることが出来ます。

　一年を通して、私の窓辺には幾つもの物語が起こります。この「東京・中野物語」も来春の平成二九年三月には、幕を閉じ息子といわきへ戻ることになります。私の人生に於いて、東京暮らしは半世紀以上の歴史があります。いわきへ戻ることには、一抹の寂しさが残ることも事実です。しかし、いわきの息子の広い家には、愛着もあり、いつまでも都営アパートの狭い暮らしからも解放されたい気持ちもあります。だが、都営住宅には避難生活中、多大なご支援を頂き心より感謝しています。都・区並びに自治会・ボランティア団体・社会福祉協議会・ケアマネ・医師・リハビリ・マッサージ・保健士などと家族や他の皆さま方への御恩は、決して忘れることはできません。人の深い情けに助けられて生きてきた避難生活でもありました。私はとても幸せを感じています。皆様に感謝・感謝の毎日であります。

東京での約六年間は、総括すると短くもあり、また長くもありました。公私共々作家活動を含めて、有意義で起伏に富んだ歳月でありました。

平成二八年七月

十二　いわきへ一時帰郷

いわき踊り・いわき花火大会

平成二八年七月三一日から八月七日まで久しぶりに息子・佑季明の自宅へ帰郷しました。折しも、いわき市市政施行五〇周年の節目を迎える年でした。記念イベントでいわき踊り小名浜大会が、八月五日金曜日の午後五時から八時四十五分まで、鹿島街道の本町通りから日産サティオ交差点までの約８００メートルの区間で開催されました。

午後七時過ぎに、息子の押す車いすで、夏祭りを見に、湘南台の丘の自宅から、山を下り鹿島街道へ向かいました。普段は車で通る道ではありますが、交通規制で一部交通止めの為、車いすで会場まで出かけました。息子は思っていた以上に、時間と距離がかかるものだと私の背中越しにポツリと語っていました。帰りも同じ道を山へ登ることを考えると申し訳ない気がしました。いつもながら、大して文句も言わない子供には感謝しています。

会場では、既にいわき踊りの長い列が、引きも切らさず、道路いっぱいに繰り広げられていました。先頭の各プラカードには所属する会社名や団体名が掲げられています。各企業ののぼりや、揃いの法被姿に身を包み、音楽に合わせて、老若男女が入り乱れて踊っています。上司も部下も同僚たちが職場を離れ、同じ連で踊っている姿は大変ほほえましくも見えます。私も佐渡おけさを会社の同僚たちと佐渡で踊っていたころを懐かしく思い出していました。

いわき踊りは、銀行・信用組合・病院・工場・幼稚園・小学生・中学生・高校生・バレースクールの子供たちなど各種団体企業が一堂に集まり勇壮でした。普段あまり人通りの少ない道路に、どこからこれだけの人びとが集まるのだろうかと息子と不思議に思っていました。小名浜市民が、一堂に会することも、祭りならではの出来事なのでしょう。

のぼりには、銅の小名錬（小名浜製錬所）など地元企業の見慣れた名前の数々が登場します。小名浜石油・堺化学・大東銀行・ひまわり信用金庫・生協病院等々。病院関係者の連は白衣で統一して個性を出しています。息子は三菱マテリアル㈱時代に参加したそうです。長い時間をかけ、踊りで飛び跳ね、翌日には筋肉痛できっと悩まされる人も多いことでしょう。

大型のスピーカーが何台も道路の要所・要所に置かれ、地元ＦＭ放送の女子アナウンサーが、司会進行を務め、音楽を流し祭りを盛り上げていました。第三部の踊りの後半になると、さすがに年配者の疲労感が色濃く表れていました。一方、中学生の女の子は、音楽に合わせて勢いよく飛び跳ねて踊っています。若さの違いでしょう。お父さん世代は仕事に、祭りに疲労を隠せないようです。観客の私たちは、そんな彼らの姿を、歩道に車いすを止めて楽しんでいます。現役を既に引退している息子と私は、遠くから夜の夏祭りを楽しんで見ています。

私は短歌をいくつか詠んでみました。

艶やかに袖から覗く細い腕
浴衣の君に満月照らす

夏の夜に老いも若きもいわき踊り
飛び散る汗に足取り軽く

豆粒の幼児連なる踊りの輪

大人負けじと勇み足かな

団扇（うちわ）手に小学生飛び跳ねる
夜空に届けいわきの心

夏祭りいきな姐さん浴衣着で
踊る姿に夕月涼し

満月のあかりに灯る夏祭り
のぼりはためく踊りの衆

夏祭り笛鐘太鼓鳴り響く
暑さ忘れて踊りの中へ
親子連れ浴衣の娘手をひかれ

夜店のおもちゃ指さしねだる
いわき踊り引きも切らずに流れゆく
上司と部下仲睦まじく

ふるさとの熱き心を夏祭り
この一瞬青春かけ

私たちは、いわき踊りの興奮を胸に家路へと急ぎました。

翌日、小名浜で「いわき花火大会」が開催されました。いわき市市制施行五〇周年記念大会で盛大に行われました。本来、開催場所のアクアマリンパーク内の小名浜一・二号ふ頭あたりで観賞するのが、花火の醍醐味を堪能できるのでしょうが、海までは交通規制があるので、車で行かずに、湘南台の海の見える一角の空き地で息子と観賞することにしました。そこには既に先客の団地の住民たちが思い思いのいでたちで陣取っていました。親子連れの浴衣姿の家族連れも何組かいました。大きな花火が打ち上げられると観客たちからは、大きな歓声と拍手が起こりました。連帯感が湧いてきます。またキャンプ用の折りたたみ式のテーブルと椅子を組み立て、卓上には缶ビールやつまみが並び、焼き鳥をほおばるご婦人方。花火よりも談笑に花を咲かせていました。携帯ラジオからは、FM放送の花火の実況中継が流れています。臨場感があります。時々、どこからか八代亜紀の「舟歌」が流れてきます。花火には演歌が似合うようです。

かつて、私は娘といわきに来て、小名浜港に打ち上げられた、大きな花火の輪を浜辺で見上げていた、娘の笑顔を懐かしく思い出します。あの頃はまだ娘も元気でした。娘の面影は、悲しくも遠く通り過ぎて行ってしまいます。

今年は、五〇周年記念として昨年の二倍の二万発の花火が打ち上げられたそうです。因みに隅田川の花火は二万三千発のようです。東京とあまり遜色がありません。その陰には、多くの企業団体・個人の協賛金があります。三菱グループでも小名浜製錬はじめ、吉野石膏・三菱マテリアルトレーディング・キリンビールなどが協賛していました。多くのいわき市の企業の皆様方の協賛金のお陰で、こうして盛大な花火が観賞できることに感謝しています。

私たちは、いわき震災復興を願ってやみません。夏の風物詩の花火を、またいわきの地で見ることのできる幸せを全身で感じています。花火の豪華さと一瞬に消えさる無情さのアンバランスさが何とも哀愁を含んでいるものです。いつの世も、夏の夜空に咲く花火の甘く切ない感情が沸き上がってきます。親に連れられ、新潟の万代橋で見た昔日の信濃川の花火、スターマインが思い出されます。金魚が川面を走る艶やかさに魅せられたものです。
七時過ぎから、約一時間花火を見てから家路に着きました。花火はまだまだ打ち上げられ、小名浜の暗闇に光の大きな環とドドーンと威勢の良い音を轟かせていました。家の庭からも、高く打ち上げられる花火は、向かいの家の屋根越しの上から少し覗いて見えました。

いわき花火大会に寄せて

夏の夜に高くするする華開く
いわきの海に舞い散る花火

花火師の思い込めての一発を
夜空に咲かす小名浜港よ

夜の空花火飛び散る港町
潮風吹かれ浴衣着涼し

流れゆく花火の煙り雲海よ
華やぎ去りて静けさ残る

こだまする花火の音に心騒ぐ
見上げる空に大輪ひとつ

家族連れ花火楽しむ夏の夜
次々上がる華の競演

花火師のこれぞ魂夜空へと
喚声高く祭り賑わう
期待込め何が上がるか天のぞむ
豪華絢爛夜の劇場

昔見た花火と同じ夏の夜
我が年重ね感動深し

暗闇にパット閃光立ち昇る
ドッドンと響く花火の環かな

華やぎと哀愁秘めほろ苦く
今宵の花火心さまよう

遠花火我が家の庭で虫の声
木立の中に星屑高く

願い込めこの一発に人は皆
明日のわが身を夜空に託す

小名浜の港の灯り写し出す
天に召された我が娘微笑む

花火消え静けさ戻り家路へと
思いさまざま足取り重く

今年の夏もこうして過ぎてゆくのです。

明日はいわきの残像を胸に、また東京へ戻る日です。次回のいわき訪問は、秋まで待たなければなりません。二重生活もあと半年。ああ、我が流転の人生かな。

平成二八年晩夏

十三　娘　田中佐知の詩集に寄せて

これで何冊目になるのであろうか?

詩集・エッセイ集・翻訳本・遺稿集・絵本詩集・全集・文庫本と年ごとに版を重ねてきた。

今回で十七冊目である。

没後、一二年経っても、娘への思いは尽きない。

この度『田中佐知・花物語』土曜美術社出版販売が、平成二八年六月三〇日刊行された。

この本は、次男田中佑季明の編纂によるものである。表紙には南高彩子さんの「花ざかり」という水彩画が描かれている。娘の詩にふさわしい素敵な絵である。銅版画は次男の知人である銅版画家・宮島亜紀さんの「那美」という女性の作品である。二人の異質な個性が溶け合って、素晴らしい本が刊行された。二人の画家と出版社に大変感謝している。

この本は、花に纏わる詩と随筆である。次男が、娘の伝記を詳細に執筆した。

改めて作品に目を通すと、昔日の娘が立ち現われてくるようだ。

「お母さんのところに生まれてきてよかった」と、晩年の娘は、私に病床で語ってくれた。余命僅かな娘が私に残しておきたかった言葉だったのであろう。私も才能ある娘を生んで、とても幸せに思っている。

娘は、決して平穏な人生ではなかった。

「桜吹雪の乱舞する」中、己の生きざまを「詩」に託して生き抜いた。「愛」・「悲しみ」「孤独」がつきまとい、砂を通してあくなき自己表現を追求してきたのだ。不幸という言葉は当てはまらない。しかし幸せだったかといえば、疑問符も付くが、娘なりに精一杯自分の人生を生き抜いたと言えよう。

ここでは、娘の詩を幾つか紹介してみよう。

娘の誕生日四月一一日に合わせて花開く「梨の花」。新宿の庭にひっそりと咲く花だった。

梨の花

梨の花の白くして
四月の澄空に向いて
咲きにけり

梨の木は高く細く
その花々は　雪に似たれり
しかれど雪より淡く　雪よりやさし
四月の風は
梨の木ずえをゆすれども
花をも散らさず
あたたかき日ざしの中をそよぐのみ

胸に浸み入るは

四月に誕生（うまれ）たる歓びなり
あゝ梨の花の
白くして

孤独
冷ましてほしい　この熱さ
孤独の熱さを
孤独は　つめたくない
狂おしい　熱さだったと
知り得る日

心の底に　黒い塵　降りつもる
それは
燃えた　燃えた　バラの花の　死骸

赤く燃えた　バラの花の　黒い塵
もう欲しくない　バラの花
それでも心に燻る　バラの花
冷ましてほしい　この熱さ
孤独の熱さを

〈二〇一六年ベストコレクション・土曜美術社出版販売〉

カンナ
辺境に咲く赤いカンナの花
父の愛した熱いいのちの花

作品があればこそ、こうして本が刊行された。また、いわき市の大國魂神社には娘の代表作「砂の記憶」の詩碑がある。私の歌碑と寄り添うように建立されている。

娘の詩「鼓動」「愛」が作曲家森山至貴氏の眼に留まり、作曲して頂いた。CDも制作された。優秀な混声合唱団「宴」・「アンサンブル・ポラノ」などとピアニスト前田勝則氏・村田智佳子女史らが色を添えてくれた。全国の学校や合唱団・音楽関係者たちにも紹介されている。

親としてこんなにうれしくて、喜ばしいことはない。

来年一月二〇日百歳を迎える私は、皆様方に心より感謝申し上げるばかりである。

娘の言魂が、これからも読者や視聴者の心に響き、後世まで継承されれば至上の慶びである。

平成二八年晩夏　　白鷺の都営住宅より

十四　樹詩林

この本は、娘田中佐知が平成一六年二月四日五十九歳で亡くなる前に、書き留めておいた詩群を遺稿集として、平成一八年思潮社より刊行された。

生前娘は、詩を書くということは「自分自身の深みに向って、自分の生を掘り込むことである」と語っていた。

この詩集には、短い言葉に潜む、人生の深みを見極める力が感じられる。

そのエネルギーの原点となっているものは、感受性の強い少女期から思春期にかけ希有な才能をことごとく、大人たちの世界で打ち砕かされたこと。又、小学校高学年より、二〇年に亘る父親の非情な酒乱生活への葛藤。恋した男への見つめ続けた熱い愛・苦悩と挫折の連鎖。逆境から生まれた強靭で鋭角的な感性は、諦観ではなく、やがて自らの全てを飲みこんだ寛容さへと移行してゆく。

その過程にみる娘の詩には、日常の杼情的風景の中に、ふと顔を見せる孤独。万物を愛する慈悲の心。心に余裕を持つことの大切さ。娘独特の詩世界。それは天性とも思われる。

一粒の砂を詩に託した一つの詩を紹介しよう。

砂よ
ひとつのエネルギーとなれ
みずからを回転せよ
大胆に
繊細に
花びらのふちに身をかくせ
町のつむじ風を吹き起こせ
砂よ
砂の意思よりなお越えて
さらに大きな慈悲となれ
さらにやさしい涙となれ
吹き進め

火をあげろ
みずからの悲しみを越えて

短い人生に於ける自分の命を彫り込んで書いた詩人としての息づかいが伝わってくる。娘は、生前自分の詩を若い世代に読んでもらいたいと私に語っていた。少しでも、娘田中佐知の意思を叶えてあげたい。

十五　リオ五輪

地球の裏側ブラジル・リオデジャネイロで行われた南米初の第三十一回五輪は、八月五日（日本時間六日）開催され、一七日間の熱い戦いを繰り広げ、平成二八年八月二一日に閉幕しました。

日本は、金十二・銀八・銅二十一の過去最多の四十一のメダルを獲得しました。私はこれだけのメダルを獲得できるとは、正直思っていませんでした。連日、大型テレビの前で、息子とオリンピックを観戦して、日本人選手の応援に、つい力が入ってしまいました。彼ら選手団の頑張りには、敬意を評したいと思います。

私にとって、ブラジルとは、リオのカーニバルや日本人の移民などで知っています。

戦前、夫の親戚が、ブラジルから帰国して、横浜のご自宅へ、夫と新婚の挨拶に出かけたことがありました。グランドピアノが置かれた豪華な部屋に通され、外国船が描かれたカラーの陶器の素敵な絵皿や、外国製のモーニング服を夫へプレゼントされた記憶があります。日本から遠いブラジルではありますが、そんなことから親しみがあります。

ところで、テレビ報道では、リオは治安が悪く、歩行者の婦人のネックレスを若者が、歩道上で剥ぎ取り逃走する映像や、観光バスの窓際の男性が、窓を開けて、携帯電話の画面を見ている時に、突然若い男が、バスに近寄り、ジャンプして携帯電話を奪い取るシーンを見ました。まるでテレビ番組の「やらせ」ではないかと思う程、タイミングの良い映像が放映され驚かされました。このようなことは、多分日常茶飯事の出来事で、窃盗や暴力が頻繁に起こっている証のようにも思われます。その背景には、貧困・格差・麻薬・殺人等々、複雑な社会問題が山積しているようです。

治安を心配して、日本人のプロゴルファーで、オリンピックを辞退した人もいます。危険なリスクを冒してまでも、参加したくなかったのでしょう。何よりも「安全第一」です。彼は将来の可能性に賭けたといっても良いのでしょう。オリンピックの一度の出場よりも、将来も行われる高額の賞金を狙ったツアーの方が、賢明と判断したのでしょう。万一、リオで事故に遭遇して取り返しのつかないことにでもなったら、その後の、彼のプロの生活が破綻してしまい、元も子もありません。誰も彼の行動を責めることはできないのは、言うまでもありません。

しかし、一方、多くの選手たちは、リスクを抱えながらも参加しています。彼らはリオのオリンピックを目指して、何年もあるいは何一〇年も血の滲むような努力をしてきています。選手たちは、国家の為・国民の為・自分の為・家族の為・所属団体・監督・コーチなど応援してくれるすべての人々の為に、出場することが、大変名誉なことと固く信じているのです。昔は「オリンピックは参加することに意義がある」と言われていましたが、今は死語となってしまったのでしょうか？　昨今は、やはり目標は、メダルの獲得乃至入賞が最優先されているように思えます。しかし、最下位でゴールする選手たちにも、声援を送り観客達からの拍手が送られたりします。また、ランナー同士が走行中に接触して、転倒した女子ランナーに、相手選手が声をかけ立ち上がらせて、一緒にゴールする姿には惜しみない拍手が観客席から送られました。難民の参加者にも温かい拍手が送られました。これもまさにオリンピックという舞台だからです。その一方、各国はメダルの獲得数が、国力であるかのように、メダル至上主義のようにも思われます。国民もメダルに期待するのは、勿論充分に分かります。世界記録も選手を含めて、各国関係者の切瑳琢磨した努力により生まれ変わります。それは人類の限りなき記録への挑戦でもあり、美学ともいえるのでしょうか？　世界新記録とは、人々に大きな興奮と深い感動を与えるものです。

メダル獲得のため、現在はメンタルな根性論だけではなく、科学的根拠・データーの分析が重要視されている時代のようです。卓球の伊藤美誠は大学ノートに記されたデーターを参考に試合に臨んでいます。バレーボールでも監督・コーチがスマホ片手にデーターを元に選手に指示している光景を見ます。いろいろなデーターを蓄積して、戦略を練り科学的分析に裏打ちされた勝利の道を目指しています。４００メートルリレーの日本選手団・山県・飯塚・桐生・ケンブリッジは、数か月にもわたり、バトンの受け渡し位置を緻密に練習して、自己のタイムをバトンの受け渡しの長さで短縮したのです。そうして掴んだ記録が「超人ボルトのいるジャマイカ」に次ぐ銀メダルでした。アメリカを抑え日本が陸上で銀とはなんという快挙でしょうか！　まさに頭脳と猛練習の勝利といっても良いでしょう。

今回、ロシア選手団が国家ぐるみのドーピング問題で、多くの選手の出場禁止の報道がされました。同じ科学でも、化学の悪用でフェアーではありません。オリンピックはフェアープレーが原則です。

日本選手の活躍は、今大会で目を見張るものがありました。

最初に金メダルを獲得した、競泳４００メートル個人メドレーの萩野公介。金メダル宣言して実現した２００メートル女子平泳ぎの二十七歳、金藤理絵。バセドウ病の手術をして二大会連続の銅メダルの星奈津美。皆さん凄いの一言でご立派です。その他水泳では池江璃花子など特筆する人も沢山いますが、紙面の関係で割愛させて頂きます。

卓球では、女子団体で銅メダルの福原愛・石川佳純・伊藤美誠のトリオ。試合後のインタビューで､涙を浮かべて答える福原は、昔の「泣き虫愛ちゃん」と重なりました。福原は「長くてとても本当に苦しいオリンピックでした」重い言葉です。私はこれが本当の実感だと思いました。ご苦労様愛ちゃん。

私は団体でのチームワークの良さと、伊藤の物おじしない怪物ぶりには度肝を抜かれました。幼い少女が、大きなオリンピックの舞台で、「全然緊張しない」と豪語して実力を発揮する。凄いことです。伊藤は福原同様、二、三歳ごろから卓球に打ち込んできた成果なのでしょう。男子の水谷隼は、シングルで日本初の銅メダルを獲得。中国選手に迫る勢いの青年でした。また卓球のラリーも手に汗を握る熱戦に興奮しました。団体では銀メダル。水谷・丹羽・吉村の三人の快挙です。あと一歩で中国に勝てるのではないかと期待する一戦でした。二〇二〇年の東京オリンピックに期待を寄せます。

卓球以外の他の競技でも、次の東京では「必ず」という種目が見受けられました。体操では、団体戦で日本は、床・鞍馬・平行棒・跳馬・吊り輪・鉄棒を制し、逆転優勝した内村航平・ひねり王子の白井健三・田中佑典・山室先史・加藤凌平。体操の各種目では、人間技とはとても思えぬ美技に酔いしれたものでした。ここまで人間は、進化できるものかと、極限の世界を見せて頂きました。この裏側には、並外れた練習と努力を重ね、お互いを信じあい励ましあって、肉体と精神の限界にもベクトルを金メダルに合わせたものなのでしょう。次の競技に取り組む選手たちは集中し、イメージを膨らませている控えの姿をテレビで見ました。団体競技ならではの、チーム一丸となってチャレンジする姿勢は絆の深さを感じました。

又、印象に残る記者会見がありました。体操男子個人総合で僅差の逆転優勝をした内村航平選手の記者会見です。記者から、「内村は審判に好かれているのではないか?」という質問に、僅差で（着地で失敗）敗れた同席していたウクライナのベルニャエフ選手は、内村をかばい「彼は過去に今回よりも高い得点を取っている。こういう質問は無駄だ」ときっぱりと、切り捨てました。私は彼の発言に胸が熱くなりました。彼の敗北した悔しさは、痛いほどわかりますが、内村に対する尊敬の念が裏打ちされた言葉だったと思います。内村の偉大さも改めて彼の発言を通じて感じとった瞬間でもありました。

柔道は、日本のお家芸で、メダル数十二と全ての階級でメダルを獲得しました。井上康生監督率いる選手団は、日の丸を背負い、金メダルを取って当然というプレッシャーの中で、よく頑張ったと思います。

女子の金メダル確実と言われた野獣・松本薫選手も敗退し銅メダル。オリンピックには、本当に「魔物」がいるのでしょうか?

レスリングでは、前人未到の金メダル四連覇を達成した伊調馨がいます。一口に四連覇といっても、一六年の歳月です。果てしなく奇跡に近い記録ではないでしょうか? 称賛に値

する金メダルです。（オリンピック後、国民栄誉賞を受賞）

また、日本選手に残り数十秒で、逆転負けしてしまい、金メダルを逃した外国の選手は、表彰台で終始俯き、決して顔を上げることはありませんでした。首に掛けられた銀メダルも手に取り見ることもしませんでした。メダリストとの記念撮影もそこそこに表彰台を下りて引き上げていってしまいました。よほど悔しかったのでありましょう。そんな一幕を息子と見て、オリンピックの劇的な明暗ドラマを見たような気がしました。同時に、彼らの試合を観戦して、何事も最後の数秒まで諦めてはいけないという、教訓を改めて学びました。

一方、同じ四連覇確実と言われていた大本命の５３キロ級の吉田沙保里は、まさかの黒星で銀メダルに終わりました。敗退した吉田選手が、マットに泣き崩れる様子が痛々しく眼に飛び込んできます。吉田選手の双肩には、国民からの期待が重くのしかかっていたのです。この日まで、彼女は金メダルからの呪縛は解き離れることはありませんでした。口には出さずとも、どれだけのプレッシャー・葛藤があったことでしょう。彼女の胸中を察しますと心が痛みます。ほんとうにご苦労様でした。銀メダルでも、すごい快挙と言ってあげたい気持ちです。金メダルは取れずとも、吉田選手の背中を見て育ってきた後輩たちは、国内の選手のみならず、今回の対戦相手で金メダルを取ったアメリカの若いヘレン・マルーリス選手も同様です。目標にしてきた吉田選手とリオの舞台で対戦出来て幸せだと話していました。吉田選手打倒に向けて、日夜研究を重ねて、リオに臨んだそうです。吉田選手をとても尊敬している旨のことを爽やかな笑顔で語っていました。試合後の吉田選手のインタビューでは、「亡き父が、応援して勝たせてくれるかと、一瞬思った心の甘えが、敗因かもしれません」と唇をかみしめて語っていたことが、心に残りました。一方「亡き母が天国で見守ってくれていたおかげで金メダルを手にすることが出来ました」と語る、ある日本女子選手もいました。この明暗はいったいどこからくるものでしょうか？　運命の悪戯でしょうか？　でも、日本人の目線でばかり、試合を見るのは如何なものでしょうか？　相手の国の選手のことも考えないといけません。人間として、外国の選手であっても、素晴らしい技や記録を出した時などは、等しく評価して拍手を送りたいものです。しかし、心情的に自国の選手を応援するのは、やはり致し方ございません。ナショナリズムの高揚ではありませんが、自ずと自国の選手に応援するのも自然な成り行きでありましょう。

井村ヘッドコーチ率いるシンクロの女子選手たち。一日一二時間もの地獄の特訓練習に耐え忍んで掴んだ銅メダル。デュエットの乾友紀子と三井梨紗子。シンクロ二大会ぶりのメダル。彼女たちは「この日の為に、シンクロをやってきた」と言います。願いが叶いどんなに嬉しいことでありましょうか。団体でも八人が一糸乱れぬ演技で掴んだ銅メダル。快挙という他ありません。努力が実りました。

私は今回、指導者により、結果が出る大会だったと思いました。男子水泳にしてもしかりです。選手の絶大なる信頼を受けて指導するコーチ。また、井村ヘッドコーチは、選手団の身体検査を見て、まだまだ選手たちは追い込まれていないと叱咤したと言います。つまり、誰一人血尿が検出されていなかったことに対する不満の発言でした。鬼のようなコーチです。しかし、銅メダルを彼女たちが取得した時には、鬼のコーチが満面笑みを浮かべて選手を抱きかかえ祝福していました。団体の銅取得の日は、折しも井村さんの誕生日でした。井村コーチにとってこれ以上の誕生祝はなかったのでしょう。彼女はこれで満足はできない。まだ上があるとあくなき勝利の道を先に見ています。

バドミントン女子ダブルスで金メダルの高橋礼華・松友美佐紀。小学生からの戦友であり、ダブルスのペアーを中学生ごろから？　組んでいました。長年にわたるダブルスの経験から、阿吽の呼吸があるのでしょう。

彼女たちの韓国のコーチ（元金メダリスト）も、金メダルに貢献しました。指導方法を変え、メダルへの執念に賭けました。今までも、異業種のスポーツに於いて、国境を越え、国益を顧みずに異国の指導者が、他国の選手を応援・指導することがありました。スポーツの世界の懐の深さをとても強く感じます。「求めるもの拒まず」という精神なのでしょうか？

テニスでは錦織圭の銅メダルは圧巻でした。

一九二〇年のオリンピックで銀メダルを取得した能谷一弥氏に次ぐ九六年ぶりの快挙だそうです。彼も子供のころから、アメリカにテニス留学をして腕を磨き、今や世界の錦織圭となりました。何事もたゆまぬ努力が必要なのです。

重量挙げ48キロ級の三宅宏実。お父さんは東京オリンピックのメダリストで懐かしい顔がテレビに映っていました。彼女は腰痛の中、三回目の最後のチャンスをものにして、見事バールを高々と誇らしげに上げ、銅メダルを勝ち取りました。これも最後まで諦めてはいけないという教訓です。彼女は、試合後ステージに戻り、バールに愛おしく頬刷りする姿が、何とも今の三宅の心情を物語っていました。

この他にも、私の見ていない数多くの競技の名場面があったことでしょう。

メダルを取得できなかった選手たちも、大変貴重な経験を、リオのオリンピックを通じて得たことでしょう。嬉しい涙も悲しい涙もあります。それぞれの涙には、涙の数ほど価値が流れています。

私は、テレビや新聞を何日も見ながら、ダイジェスト風にリオを纏めてみました。記憶の不確かなところは、息子に確認しながら執筆しました。私も選手たちと一緒にオリンピックに参加したような気持になりました。

私も百歳。蛇足ながら、年齢からいえば、人生の長い道程のゴールドのメダルを首から下げたいものです。

二〇二〇年には、東京でオリンピックが開催されます。費用・建築物・場所の選定・夏の天候（酷暑・台風）・テロ対策など問題を山積した東京オリンピックではありますが、やる以上は成功裡に世界に東京をアピールしてもらいたいものです。私も元気で東京オリンピックが迎えられるように頑張りたいものです。

平成二八年晩夏

十六　百歳を生きる慶び

　避難して六年目。来春、息子といわき市へ帰還します。私は、百歳を迎えます。国と都・区・自治会から、記念品などを頂けるそうです。感謝しております。人生は、無情にも歳月が通り過ぎ去って行きます。私は順風満帆な人生ではありませんでした。夫の酒乱生活に苦しめられた地獄絵さながらの二〇年間でした。今述懐すると、苦しい時代の事も、遥か遠く忘却の彼方へと消え去って行きます。苦渋に満ちた生活や震災後も、時間が解決してくれます。しかし、私の生きるエネルギーは、文学にありました。文学がなければ、逆境を乗り切れたかどうかは疑問です。小説・随筆・短歌・全集を刊行し、佐渡・小千谷・いわき市に文学碑まで建立して頂きました。中野区の鷺宮図書館には「鷺宮文庫」があり、私の著書の他、家族の著書を寄贈しております。百歳という時間の連続性の重みの中で、数々の文学作品が生まれました。生きていてよかったと思う瞬間でもございます。皆様に只々感謝しております。

　この原稿は、社会福祉法人　中野社会福祉協議会　中野ボランティアセンター平成二八年八月一〇日五十七号発行『ＳＭＩＬＥ　スマイル』に依頼され執筆したものです。一部加筆しています。

平成二八年七月

十七　祝状

東北地方に、台風十号が上陸し甚大な被害が出た翌日の九月一日、東京は朝から快晴で青空が広がっていました。この日は、百歳を迎える私に、中野区長田中大輔さんが、都営住宅の我が家に訪問することになっておりました。

新百歳になる方は、区内に七十六名。百一歳以上は何と一二四名いるそうです。この数字からも分かるように、日本は高齢化社会が確実に進んでいることが分かります。私もその一人です。

午後二時二十五分頃、笑顔の区長さんと健康福祉部長の瀬田敏幸さん、そして担当の柳沼さんがお見えになりました。また白鷺の自治会会長・関根さんと民生委員の鷲沢さんも同行されました。狭いダイニングルームに置かれた木のテーブルの周辺は、たちまち大勢の人で賑わいました。全員が座れず、自治会の人には、申し訳なかったのですが、立っていただくことになりました。区長の前に私と次男が座り、区長は起立され、挨拶をされ、祝い状を広げて読み上げ、私は受け取りました。感謝致しております。

祝状

田中　シヅ　様

大正六年一月二十日生

あなたはめでたく百歳の長寿になられました永年社会に貢献されたことに対し深甚なる敬意を表するとともにこれからも健康で楽しい日々を過ごされますようお祈り申し上げます

平成二十八年九月吉日

中野区長　田中　大輔

私は、こうして手書きの祝状を頂くのは初めてであり、少し緊張した面持でした。足を骨折していますので、失礼ながら座ったまま受け取りました。また「祝い長寿　中野区」として熨斗袋が贈られ、中野区商店街振興組合連合会・中野区商店街連合会の連名で区内共通の商品券（なかのハート商品券）が、金五百円也で、一万円分贈呈されました。引き続き、大きな黄色いバラの花や小さな可憐な薄ピンクのカーネーションがいっぱいにゴットセフィアナとドラセナの観葉植物にバランスよくアレンジされ、赤い大きなリボンに束ねられた花束が区長から私に手渡されました。私はこのようなお祝いを受け、思わず目頭が熱くなり、両手で顔を覆ってしまいました。中野区の方から、手厚いおもてなしを受け感動してしまいました。百歳を迎える慶びを痛感致しました。また区長から、以前私の全集三巻を区長へ贈らせて頂いたことがあり、そのお礼を今日述べられました。私も中野区には、東日本大震災で、自主避難しており、大変お世話になっております。私のできることとして、図書館の「鷺宮文庫」に私の著書と家族の著書を寄贈させて頂いております。微力ながら区民の皆様にお役に立てれば、とても幸せでございます。区長からも「先生の今後益々のご活躍とご健勝をお祈り申し上げます。いつまでもお元気でご活躍下さいませ」というお言葉を頂きました。こうして皆様から温かい祝福を受け、生きていてよかったと実感を強めるところでございます。また今月の敬老の日には、国と東京都、自治会などから祝い状や記念品などを贈呈されると聞いております。手厚いご好意に感謝申し上げる次第です。十五分ほどの訪問ではありましたが、とても充実した内容で嬉しく存じます。区長たちは、次の訪問宅にお出かけされます。皆様方に次男と御礼を申し上げました。

私は、人生長いようでとても短く感じます。自分自身、百歳とは想像がつきません。決してぼけて言っている訳ではございません。自分の中では、まだ八十歳ぐらいの感じでおります。

確かに足腰は弱り、肉体的には年齢相応の身体ではございますが、精神的にはまだまだ年齢を感じてはいません。しかし、最近物忘れが顕著となり、自分自身も呆れることがありますが、何もすべてを覚えておく必要性もないような気がします。記憶に留めたくないニュースや無駄な事柄・不必要なことは沢山あります。必要なことだけ記憶する。これが理想です。

情報過多な世の中には、自分で選択の精査をする必要性があります。その選択が問題であります。そう強がりを言うものの、肝心のことは、選択力と記憶力です。そこで効力を発揮するのが、ノートによるメモ書きです。ノートを書けば、必要な出来事を記録することが出来、また確認もできます。ただ、時間差で、重複して同じ記述をしている自分に気が付くときがあります。そんな時は、やはり年なのだわと少し悲しくなる時があります。次男はそんな様子を見て、気にすることはないよ。分からないときは、何度でも尋ねればよいのだからね。ストレスを感じることはない。と勇気づけてくれます。良い息子です。しかし、息子でも記憶が不確かでおぼつかない時があります。手帖の記録を確認しないと、正確な記憶が蘇らないと言います。息子には失礼ですが、程度の差はあれ、私と五十歩百歩かなと安心もします。息子は豪快に笑い飛ばしています。何はともあれ、こうして百歳のお祝いを受けることは大変ありがたいことだと心より感謝致しております。亡き娘や亡くなった両親、弟妹や夫の為にも、命ある限り一生懸命に生き続けようと思っています。お陰様で、大きな病気も経験しておりませんが、大きな怪我は何度も経験しています。これから、何年生き続けられるか分かりませんが、健康には充分留意しながら、今を生きようと思っております。

家族や医療スタッフなどのご支援を頂き乍ら、厚く感謝致しております。

平成二八年九月吉日

付記

九月一五日「敬老の日」に内閣総理大臣安倍晋三さんより、Ｂ４サイズの大きな表彰状が贈られてきた。

東京都
田中　シヅ殿
大正六年一月二十日生
あなたが百歳のご長寿を達成されたことは誠に慶賀にたえません。
ご長寿をことほぐこの日に当たりここに記念品を贈りこれを祝します。
平成二十八年九月十五日
内閣総理大臣　安倍晋三

記念品として、寿の銀杯が贈られた。

同時に、東京都から同梱包で東京都の工芸品のガラスの花瓶が送られてきた。東京都知事が舛添要一さんから小池百合子さんに交代したことにより、名前の書き換えが間に合わず、後日、表彰状が贈られてくるということだ。百歳を迎える人は東京都でどれくらいの人数がいるのであろうか？　人に聞くと百歳以上は、全国で六万七千人いるそうだ。八十七パーセントが女性。男性は社会生活や、会社等の対人関係で、精神・肉体両面で精神を擦切らして働いているせいだろうか？　否、女性でも男性同様に真撃に一生懸命に働いている方も多い。女性は精神面でも肉体面でも男性より構造的に強いことが、この数字から立証された。私は馬車馬のように働き続けてきた。両足大腿骨骨折の怪我をしてからも、曲がりなりにも、歩けるうちは、部屋の整理・整頓に務め、料理も手掛けてきた。だが、最近は年のせいか息子に依存することが多い。息子も仕事があり、私の思うような整理ができないのが、悩みの種である。ヘルパーさんに一時入って頂いたことがあるが、息子は自分の書類の整理は自分で行なわないとわからないので、断った経緯がある。結果、机の上などは書類の山だ。私が見かねて整理すると、書類の置き場がわからなくなり、ひと騒動する。息子から叱られる。幾たびと口論するが、息子に押し切られ沈黙。息子も私の世話から、料理・洗濯・買い物・自分の創作活動と一人で何倍ものことをこなしているので、無理はない。少しくらいの整理の不行き届きは大目に見ることにしている。息子も自分自身でもわかっているようだが、生活の許容量がいっぱいの様だ。来年三月にはいわきへ帰る。

　今から徐々に不用品を片付けるという。身体が不自由な私は、もどかしさを感じつつも期待したい。期待するしかない。息子は時々時間があると、整理をすることがある。見違えるほど部屋が小奇麗になる。そんなとき「お母さんの子供だから、やるときは徹底してやるんだよ。安心してよ」と言ってくれるが、しばらくすると、また元の木阿弥である。来客がある時は、半日かけて、朝からほうきにバケツ・雑巾がけでみるみる片付いてゆく。息子は「お母さんの手際よさには負けますよ。何しろ身体が悪くても、僕の二倍は速く片づけるから、掃除とレイアウトの達人だ」と褒めまくる。

　多分、引っ越し間近になれば、息子も仕事そっちのけで孤軍奮闘して頑張るであろう。百歳を迎えて、息子には悪いがそんなストレスもある。ただ、私に限りなく良く尽くしてくれる息子にはいつも感謝し、言葉に出している。「そんなこと当り前のことだよ。普通さ」とさりげなく言う。私の所に次男が生まれてきてよかったとほんとうに思っている。ありがたいことだ。

東京都知事祝状

田中シヅ様

百歳おめでとうございます

敬老の日にあたり都民を代表し心からお祝いいたします

お体を大切にされ末永くご多幸でありますようお祈り申し上げます

平成二十八年九月十九日

東京都知事　小池百合子

十八　回想　小千谷慕情

私は百歳。小千谷小学校は、更に私より半世紀も歴史を重ねた日本一古い伝統校でありま す。「創立一五〇周年」心よりお慶び申し上げます。おめでとうございます。

私の父、増川兵八も母、青木ミツも明治時代に小千谷小学校を卒業しました。何年か前、東京から小学校を訪問させて頂いたことがございます。

校内の廊下で行き交う教職員はじめ生徒さんたちが、何組も私たちに頭を下げ、挨拶する自然体の姿を見るにつけ、教育がしっかり行き届いているという実感を得ました。とても爽やかな印象を受けました。

校長先生から卒業生名簿を見せて頂きました。名簿には、両親の名前も掲載されていました。ふっと、両親の顔が立ち現われ、なんとも言えぬ懐かしさが蘇りました。私は、大正一三年に入学し大正一五年父が、郡役所の廃止に伴い新潟県庁に拝命されるまで、即ち四年生の三学期頃まで、歴史と伝統のある学舎に通学したことを誇りに思っております。

日本有数の豪雪地帯で知られる小千谷。

私の子供時代は、電信柱まで雪が積もり、その上をそりが引きも切らず走っていました。道路を挟んだ向こう側の家に行くにも、雪のトンネルを作り、その中を通って出かけたものでした。通学には、みの傘と藁沓（わらぐつ）を履き、雪道をさくさくと音を立てながら出かけました。また、屋根の雪下ろしも朝から各家庭で男衆に来てもらい、彼らは汗をかき重労働を強いられていました。

小学校の思い出は幾つかあります。

冬の体育の授業では、教室の障子戸越しの廊下に、子供用のスキーがずらりと長く何十本も置かれていました。子供たちは、そのスキーを履き、学校の裏山でスキーを楽しみました。私は、元来体育が苦手で、何度も転倒を繰り返していました。当時は、みんな、着物姿で滑走していたのです。私は幾度となく転倒して着物をびっしょり濡らし、家に戻ると、母親に叱られることを恐れ、見つからないように、そっと裏口から入り、囲炉裏の火で濡れた着物を乾かしたものでした。

小学校の思い出は、その他に、蒸し暑い夏の夜に、蛍を見に友達と連れ添って、平沢新田に出かけました。蛍が暗闇に何匹も光って飛び交い幻想的な風景を見せていました。

また、一面黄金に輝く照りつける田園へ、イナゴを採取に出かけました。新聞紙で作った紙袋の中には、十数匹の生きたイナゴが、がさがさと音を立てて動いていました。私は母の待つ家路へと急ぎました。母は、沸騰した鍋にイナゴを入れ、佃煮を作ってくれました。少し残酷な気がしましたが、家族みんなで食したものでした。

ある北風の吹き荒れる初冬、子供たち七・八人で、大きな声で「火の用心」を叫び、直径3センチぐらいの長い鉄の棒を地面に引きずりながら、町内を歩き廻ったことがあります。今、遠い昔の郷愁が蘇ってきます。

大正時代、一〇月三一日の天長節（天皇誕生日）の日、小学校では、広い講堂に紅白の幕が張られ、日の丸の旗が飾られていました。日の丸の旗は、各家庭の軒にも、へんぽんとなびいていました。舞台中央の一段高い所には、天皇陛下・皇后陛下の御真影が収められていました。会場は箪笥から引き出されたばかりと思われる新しい生徒たちの着物から、しょうのうの匂いが、ぷんぷんと鼻につきました。生徒たちは整列して式典に臨みました。校長先生は白い手袋をはめ、正面の観音開きの扉を厳かに開けられました。天皇陛下と皇后陛下の御真影が現れました。その間、音楽教師によりピアノが演奏され天長節の歌が歌われました。「今日の善き日は大君の、生まれ給いし善き日なり……」そんな遠い昔の思い出があります。

戦火の激しい戦争中、私は、子供たちと小千谷に疎開しました。防空壕にも入りました。また、大東亜戦争で、夜空に真っ赤に燃える隣町長岡の大火を小千谷で見て、身体の震えが止まりませんでした。

玉音放送をラジオで聞いたのも、疎開先の小千谷でした。これで戦争は終わった。だが、ソ連兵に殺されるのではと、女・子供は自決せよという恐ろしい流言飛語が吹き荒れました。戦争の残酷さをまざまざと思い知らされました。どれだけ多くの若者の兵士たちが、戦死してしまったことか。佐渡ケ島でも、私の勤務する優秀な三菱の佐渡鉱山の若者たちを戦地へ送り出し、遺骨で帰ってきた兵士たちの姿を苦渋の思いで見てきました。再び戦争は、決してあってはならないと唇を強く噛みしめました。

今でも朝鮮戦争は終結していません。世界では、宗教・民族・領土・イデオロギーを巡って内戦・テロが後を絶ちません。愚かなことに、歴史の悲劇は繰り返されています。戦争経験者としては、限りない憤怒を覚えます。

小千谷は河岸段丘の町です。日本一の信濃川が悠揚と流れ、遠方には越後三山（中の岳の総称）の八海山・越後駒ケ岳・魚沼駒ケ岳などが望まれる風光明媚な土地柄でもあります。

正月一五日には「賽（さい）の神」の行事が近くの冬堀町の地蔵様の横に広がる墓地の空き地で行われました。法被姿の若者たちが櫓を組み立て、門松や〆縄・竹などを積みあげてゆきます。三角形の高い塔が建てられます。子供たちはその周辺で羽根突きや凧揚げに興じています。正月着を纏った大人たちも、お神酒や串刺しの餅をもって集まってきます。準備が整うと、神火が点けられ、鉛色の雪空に勢いよく赤々と火が燃え上がります。周囲の男たちの歓声が沸き上がり、やがて酒宴が始まります。竹竿で餅を刺し、火の粉の中に入れます。頃合いを見て餅を取り出し食べます。これが、私のふるさと小千谷の正月風景です。

西脇様と言えば、確か子供のころ本町通りの一画に黒塀に囲まれた大きなお屋敷を訪問したことがあります。小千谷でも別格の豪商として知られる西脇家に、子供たちとひな祭りの季節、ひな人形を見せて頂いたことがあります。

一般家庭とは違う豪邸で、玄関を入るにも胸の高まりを覚えたものでございます。魔土間から階段を上り、二階の大きな三間続きの畳の奥の部屋に立派なひな人形が飾られていました。庶民の家では決して目にすることのない、豪華で格調のあるひな人形に羨望の気持ちで目を輝かせて見つめておりました。

戦前、庶民の子供たちに西脇様のご自宅を開放され、ひな人形をご披露頂ける喜びと感動に感謝したものでした。

エッセイストで詩人だった亡き娘、田中佐知は、小千谷の郷土文化「角突き」などについても取材し作品を発表しました。

父が、母が育った小千谷。そして私の弟二人や妹が育ち、また、時代は変われども、子供たちにも小千谷の土壌が連綿と受け継がれてゆきます。私は、ほんとうに故郷とは、ありがたく、良いものだと心より思っております。

故郷小千谷に感謝しております。

私は故郷小千谷を舞台に小説『信濃川』を著しています。母をモデルに明治時代の女の半生を描いた作品です。私の作品は全集はじめ、全て小千谷図書館「田中志津文庫」に収納されています。ご興味のあるお方はぜひお読みいただければ、大変うれしく存じます。また、詩人・英米文学者の西脇順三郎先生に、生前東京のご自宅をご訪問させていただきました。私の著書数冊を寄贈し、大変喜ばれておられました。先生からも、「あなたは将来、きっと名を残す人になる」と今後私の作家活動に期待を寄せる旨のお言葉をいただき感動致しました。

小千谷は、私にとっては心のルーツであります。この地の歴史・文化・風土・自然に触れ、有形・無形の影響を受けながら、育ち生きてまいりました。

船岡公園には、僭越ながら私の「田中志津生誕の碑」が建立されています。父方の先祖は小千谷に十一代続いた縮問屋商「増善」でありました。この地に先祖の足跡を刻ませて頂いたことに感謝しております。

機会がございましたならば、船岡公園の私の文学碑にも、是非、教職員はじめご父兄の皆様、そして生徒さんたちに足を運んで頂ければ、幸いでございます。小千谷小学校へ共に通った生徒のひとりとして、大変光栄に存じます。因みに小千谷市のホームページにも除幕式の様子が紹介されております。「小千谷に文学の灯を」ご覧いただければ幸甚でございます。

百歳にして、小千谷小学校創立一五〇周年の記念誌に、私の拙い文章が掲載されることを感慨深い思いでおります。ほんとうにありがとうございます。

今後益々母校小千谷小学校のご発展を心よりお祈り申し上げる次第でございます。

平成二九年一月吉日

日本文藝家協会会員　作家・歌人　田中　志津

この随筆は、新潟県小千谷市立小千谷小学校開校一五〇周年記念誌「創学の心を今、未来へつなぐ」子供に語り継ぎたい小千谷　下巻　に特別寄稿として掲載されたものである。平成三〇年二月二〇日発行。尚、今回一部追加執筆した。

十九　湘南台の窓辺から

六年目に自主避難先の東京・中野区から、いわきの息子の自宅へ三月八日に戻って参りました。やっと落ち着いて住める居場所が確保されたということは、安堵の気持ちでございます。とうとう百歳を迎え、この年になって迄、各地を転々と動くことは、正直しんどうございます。

湘南台は、国際貿易港小名浜の近くにある小高い丘にあります。標高60メートル位はあろうかと思われます。この団地からは、小名浜港が一望できます。貨物船や漁船などが行き交う姿も遠くに見えます。夏の花火大会は、この団地からも充分に楽しむことが出来ます。また、湯の岳をはじめ東北の山々の雄姿を眺めることもできます。街の色とりどりの家並も眼下に小さく見えます。とてもロケーションのよい湘南台です。

朝に夕に、息子に車椅子にひかれ湘南台の広い団地の中を散歩することは大変楽しみのひとつでもあります。しかし、毎日散歩するわけでもなく、部屋の中での生活が、大半でございます。息子も自分の仕事があり、外出することもあって、なかなか散歩に出かけることはございません。自分の足で、一人で歩けるのならば、どんなに幸せであろうかと痛感致します。最近、両足大腿骨を骨折してしまい、家の中では、ポールと手すりを使わないと歩けません。足の痛みやしびれが厳しく、生きていることの辛さを感じるようになりました。そんな私を見て、傍らの息子は、「お母さん大丈夫、頑張って生きなくてはいけないよ。そばに僕がいるから、不自由なことがあれば手伝うから何でも言って。元気を出して。まだまだ人生これからだよ」と勇気づけてくれます。私は、転倒を恐れて庭ですらひとりで怖くて出られません。従って息子の時間のある時には、車で水族館アクアマリンふくしま周辺や三崎公園・塩屋岬まで出かけることがあります。部屋から解放され、太平洋の雄大な海を見てどんなにか心が慰められます。

生活の大半は、二階に登れず六畳和室のソファーが私の定位置です。新聞や読書、テレビを見たり、食事をしたり自由に暮らしています。部屋には、障子と素透の大きなガラス戸があります。障子を開け四季折々の庭の風景を楽しむことが出来ます。部屋からは、青空を眺めることも出来ます。白い雲が悠々とゆっくり流れています。広い庭には、鮫川の大きな庭石や、灯篭などが木々の間から見えます。二年も庭木を植木屋さんに入ってもらわないと、不揃いの木々が目につきます。息子は、暇な時、植木ばさみで庭木をカットしています。秋になったら植木屋さんを呼ぶ手配をしているようです。白御影石の大きなテーブルは来客者との応対に使う予定でしたが、数えるほどしか使用していません。もっぱら、天気の良い日に布団を干して利用するのが現状です。白御影石のテーブルの下に、息子は植木の小皿を数枚置き、鳥の餌を撒き、またリンゴを細かくカットしたものや、私が食べ残したみそ汁やご飯、魚の身などを置いておきます。私と餌の距離は、3—4メートル程の至近距離です。冬には、ヒヨドリがぎぃーぎぃー鳴きながら、リンゴを嘴に銜え警戒しながら食べています。雀は一年中、集団で、つがいで、一羽で、飛んで来ます。雀でも警戒心が非常に強く、物音や人影でパッーと逃げ出します。生きるもの自分の命は大切なのでしょう。

雀の勢いよく餌を食べる姿は、食欲があり、逞しく元気を貰えます。私が食欲のない時は、雀が羨ましくも思えます。私も雀のように食欲があれば、どんなに幸せかしらと思う時があります。湘南台は、山をフラット状に開発した五百世帯余りの団地です。春には、鶯の鳴き声が林の中からさえずり聞こえてきます。鶯の姿を見ることはなかなかできませんが、その鳴き声は天下一品です。鳶が、つがいで家の前の電線に留まっています。時々、糞を駐車している息子のブルーの車のボンネットあたりに落とします。息子は「またやられたか」と嘆いています。またこんなこともありました。障子越しに大きな影の物体が、庭に落ちてきました。何と鳶が舞い降りてきたのです。私が残した焼き魚の一部を銜えています。私と窓越しに眼が会い、1メートル以上もあろうかと思われる翼を広げて、庭の木陰の中で食べ始めていました。すると、真ッ黒いカラスが一羽、電柱の上から鳶をめがけて舞い降りてきました。私は鳶の方が勿論強いものと思っていました。ところが、一瞬鳶の餌はカラスに容易に奪われ、鳶は大きな翼を広げて空高く飛んで行ってしまいました。東京都内では決して見られない光景が、ここいわきの我が家では容易に見ることができ感動を覚えました。空に目を移せば上空高く旋回しながら、首を左右前後にひねり獲物を探しているワシや鳶の姿を見ることがあります。そんな時、都会暮らしが長かった私は、田舎に来たのだわという実感が湧きます。また春には、ツバメが気持ちよさそうに飛んでいる姿も見ます。我が家の前の、道路を挟んだ他の家の玄関には、何年も前からツバメの巣があり、毎年飛来してきます。鳥たちばかりではなく、野良猫も我が家の庭にやってきて餌を食べに来ます。野良猫同士で餌の取り合いの喧嘩をします。ここでも弱肉強食の世界があります。餌を求めて生きている動物たちは、毎日大変だと思います。新宿時代は、小鳥も犬も猫も鶏、ガチョウまで飼っていました。当時は、私も子供たちも若かったのです。今は、自分の世話をすることさえ大変です。とても動物の世話まではできません。今は庭にやってくる野鳥たちを見て楽しんでいます。庭に咲く植物も心を和ませてくれます。冬の寒椿や柘植の木・どうだん・マキの木・もちの木・木蓮の花・深紅の大輪のバラや、さつき・つつじ・梅雨時に雨に濡れてひっそり咲く紫陽花の花。つぼみからやっと花が開いたかと思うと、ぱっとすぐに二・三日で花びらを無情に地上へ落としてしまうシャラの花。風にそよぐまもなく、花の命を絶ってしまう。花の命の短さというか、はかなさ・いさぎよさを痛々しいほどに感じ入ります。新緑の芽を吹く樹木や紅葉のもみじや草花など、四季折々の我が家の庭の自然に囲まれ、幸せです。

娘佐知の詩のように、『自然が日々 生まれ変わるように わたしも日々 生まれ変わりたい」

ものです。部屋の窓辺から、過ぎゆく日々を静かに見送りながら、また明日の朝日の当たる庭を見つめ愛と鼓動を全身に浴びたいものです。

平成二九年六月

二十　百歳を振り返って

今年一月二〇日、私は百歳を迎えました。一言で言えば、長いようで短い、あっという間の百歳という感じの人生でありました。あといつまで生かされるのでしょうか？　明日のことは誰にも分りません。大正初期・昭和の全時代を生き、平成も二九年を生きています。近い将来、元号が変わります。つまり四つの元号を生きることになるのかも知れません。親兄弟は皆亡くなり、最愛の娘にも六十歳で先立たれてしまいました。夫も六十四歳で亡くなり、友人・同級生・知人・親戚の知り合いの方も今は少なく、音信が途絶えたままの人もいます。寂しいものです。人生世の常で、出会いがあれば別れもあります。宿命であります。幸い子供がまだ二人います。次男佑季明と同居しているのが、生きる源です。つまり私の不自由な身体をサポートしてくれ、また精神的支柱にもなっています。息子が外出から戻ると、やっと家庭らしくなったと、ほっとします。若い時は、山の中に一人で暮らしたいと真剣に思っていた時と比べると雲泥の差があります。最近は身体の腰・大腿・足のしびれなどの痛みに耐えかねて、辛い日々を送ることが多くなりました。そんな時、次男は肩・腰・足を揉んでくれます。シップ薬を何枚も腰や足に貼り、また足湯を準備してくれます。精神的に落ち込んでいると、慰めの優しい言葉もさりげなく掛けてくれます。かゆいところに手が届く息子です。子供を産んでおいて本当によかったと思います。遠く離れた長男昭生も、母の日には花が贈られてきます。また時々電話をかけ様子を伺ってくれます。最近は、知り合いが多く亡くなり孤独ではありますが、せめて周りに子供たちがいることが、心の安らぎに繋がり感謝しています。

私の人生は、幼少時代・学生時代・就職・結婚・子供の誕生と成長等々、人生の長い回廊をそれぞれの時代を生きてきました。地域的には生まれ故郷の小千谷を皮切りに、新潟市内・佐渡・東京・所沢・いわきと流転の人生を送ってきました。子供のころは、親と同居していて、親に頼り切った生活をしていました。佐渡支庁の首席属の父を持ち、官吏の娘さんということで、親に頼り切って順風満帆な生活でした。尊敬する父増川兵八は官職に就いたまま五十四歳という若さで、一晩で脳溢血により亡くなりました。

青春時代の最大の衝撃でありました。しばらく、偉大な父を亡くして精神的支柱が崩壊され、絶望の淵をさまよっていました。

父は「しいや・しいや（シヅ）」といって長女の私にいつも声を掛けてくれました。父の肩や足のマッサージなどもよくしてあげました。

首席属だった父は、毎日のように新聞記事に動向が写真入りで掲載されていました。「お前も新聞に掲載されるような人間になるんだぞ」とポツリと言われたことがあります。当時は何の感慨もなく聞き流していました。また、父はいろいろなところで講演を依頼されていました。その原稿を確認するのが私の役目でした。父が講演の原稿を読むので、原稿通りに父が語っているかの確認です。「てにをは」のごく小さな箇所まで違っていることを指摘すると、「そんな小さなところはどうでもいい」と言われました。また「お父さん、ゆっくり読み過ぎだわ」とアドバイスすると「あっ、そうかなぁ？」と娘のアドバイスに耳を傾けてくれました。女学校の卒業式でも父の挨拶がありました。クラスメートは、父の言葉に涙していました。私は淡々と父の言葉を会場でじっと聞いていました。

三菱鉱業㈱佐渡鉱山で、女性事務員第一号として勤務した八年間は、青春時代最も輝いていた時代ともいえましょう。当時、佐渡鉱山は隆盛から凋落に向かう時期でもありました。全国から選りすぐられたエリートが集められ、鉱山は活気に満ちていました。

戦争という生と死に直面したおぞましき暗黒の時代ではありましたが、青春の炎は燃え滾っていました。この島で淡いロマンスも生まれました。これが若さなのでしょう。

佐渡を離れ、結婚のため上京後の数年を除いては、波乱万丈な結婚生活のはじまりでした。この結婚は意に沿わぬ結婚でありました。仲人の顔を立て見合い結婚をしました。

夫一朗は明治大学商学部と中央大学法学部の二つを卒業したエリートで、授業料免除という優秀で真面目な人でした。私は結婚の意味も分からず、初夜の恐ろしさの余り、故郷小千谷の母親のところに逃げて帰りました。その後、夫の母親に呼び戻され仕方なく再び上京することになりました。父親兵八が生きていれば、こんな結婚は決してしなかっただろうと悔やんだものでした。無知ほど怖いものはございません。官吏のお嬢さんから、夫の実家が木村屋のパン屋だったので、パン屋の嫁さん・パン屋の嫁さんと言われていました。夫の両親とその兄弟も九人と多く、大家族の生活を夫の実家目黒で過ごすことになりました。今迄の生活環境が一変してしまいました。

私の父方の先祖は小千谷に十一代続いた縮問屋商「増善」でした。一方夫は、先祖は士族の出身だと胸を張っていました。当時はまだ封建的な時代でありました。

その後、大家族との生活に耐えきれず、夫を説得して新宿の屋敷町に百坪ほどの新居を構えることになりました。当時夫は大会社の工場長を務め、赤字経営を黒字経営へと転換させて、高い評価を得ていました。

当時は、戦争などの影響もあり、大学卒業の優秀な社員も少なく、夫は実力を買われ工場長まで一気に昇りつめました。学生時代から酒も煙草もやらない夫が、出世と同時に花柳界に足を踏み入れ、酒・たばこ・芸者遊びを覚えました。その後、有頂天になり、サラリーマン生活に終止符を打ち、独立事業を起業することになりました。小石川後楽園に事務所を設立しました。経営コンサルタント会社を立ち上げましたが、経営能力に欠け小石川の事務所を手放すことになりました。転落は雪崩のごとく襲いかかりました。新宿の自宅の一部を弁護士一家に貸して生活の基盤を計りました。だが、悪徳弁護士一家は、家賃を四年も滞納し続けました。家賃収入が入らず、生活が厳しくなり、神楽坂の質屋に何度通ったことでありましょう。ほとんどお金を返金できず思い出の貴重な品々は質流れとなりました。せめて、大晦日の夜には、紅白歌合戦をラジオで子供たちと一緒に楽しんで聴くために、お金を工面して質屋から引き出しました。年の瀬の暮れなずむ街を路面電車に揺られ神楽坂から抜け弁天まで、ラジオを包んだ風呂敷包みを大切に抱え家路へと向かいました。弁護士を相手に裁判闘争を起こし、勝訴しました。彼は弁護士資格が剥奪されました。その間、私は育ち盛りの子供たちのため、内職やタイピスト学校・ガリ版学校に通い「静プリント社」を自宅で経営するようになりました。近くの観光バス会社のガイドブックをタイプ印刷で製本しました。また伊勢丹にほど近い新田裏にある印刷会社の下請けを積極的に行いました。独自に麹町まで足を延ばし、新規開拓の営業で仕事を受注しました。「田中さんの仕事は早くてきれいだ」と評判も良かったのです。だが、夫の収入だけでは生活が苦しく、自宅の一部をエリートの香港家族に貸しました。また下宿人の学生なども置きました。近くの学習院大学の学生や日大の学生さんからは、おばさん、おばさんと言われ親しまれていました。私は三人の子供を育てながら、下宿人の食事の世話など馬車馬のように働きました。幸い身体が丈夫だったので、過酷な生活に耐え忍ぶことが出来たのでありましょう。それと子供たちの成長を見るのがとても楽しかったのです。私にとっては、唯一子供たちが励みでもあり生きがいでもありました。一方、夫は事業が思わしくなく、その逃避先をあろうことか酒に求めてしまいました。酒乱生活が、なんと二〇年もの長きに及びました。家族は夫の荒れ果てた修羅場に毎晩耐え忍び、一時東京の郊外三鷹の新築アパートに五ヶ月位？　娘と家出を余儀なくされました。大手商社に勤める長男と次男が新宿の家を守り、次男は時々三鷹の家に寝泊りしていました。夫は浴びるように飲む酒に侵され、やがて病が襲いました。夫の亡くなる二年ほど前からやっと平和で静かな日常を取り戻すことが出来ました。私は酒乱生活の中でも、いやそうした日常だからこそ、日常を打ち破るためにも、文学の道に救いを求めました。

酒乱生活の日常を随筆日記『雑草の息吹』としてタイプ印刷をして製本しました。後にＮＨＫで大阪の戯曲家・郷田悳先生によってドラマ化され放送されました。渋谷のＮＨＫ放送センターにディレクターから呼ばれ、演技の確認をスタジオで見届けました。私の役を山岡久乃が悪徳弁護士役を小沢栄太郎が演じました。感慨無量でありました。一流の役者によって、私の原作がドラマ化され放送されることを慶びました。しかし、当日の新聞のドラマ番組の紹介に掲載されても、何故か感動が湧きませんでした。

その後、代々木の同人誌をひとり訪ね、小説『銀杏返しの女』を執筆しました。後に『信濃川』と改題して光風社書店より刊行されました。直木賞作家和田芳江先生が帯び府を執筆されました。また作品は『遠い海鳴りの町』『冬吠え』『佐渡金山を彩った人々』全集『田中志津全作品集上・中・下巻』と続きました。短歌集も角川より『雲の彼方に』親子の共著『ある家族の航跡』『邂逅の回廊』『志津回顧録』『年輪』を武蔵野書院『歩きだす言の葉たち』を愛育出版などから数多くの著書を刊行しました。テレビ・ラジオの対談番組の出演や新聞・週刊誌などマスコミ各社に作品が取り上げられました。

家族に目を転ずれば、娘佐知の作品は生前と没後に多く刊行されました。才能ある娘が、これから円熟の六十代を迎えどんな作品を生み出すかとても楽しみでありました。詩と合わせて小説を書きはじめる覚悟もあったようです。だが、不覚にも不治の病に倒れてしまいました。本人も至極無念であったことでありましょう。

しかし、娘の航跡を辿れば、必ずしも不幸とばかりとは言えませんでした。確かに幼少期から青春時代・成人を通し、人生の大きな核として、負の財産を抱え込み、不運な為に恵まれた才能を生かされず不完全燃焼で終わったことも事実であります。娘とは苦境の生活の中で、肝胆相照仲で、何事にも話し合えました。知性と教養を兼ね備えた娘には教えられるところも多かったのです。

娘の没後、残された原稿を毎年出版することが出来ました。全集をはじめエッセイ集・遺稿集・詩集・現代詩文庫・写真詩集・絵本詩集など数多くの著作を残すことが出来ました。また娘の詩も作曲家の東大の先生はじめ皆様方によって、ＣＤまで完成していただきました。唯一、娘の自作詩の朗読も俳優座で収録したＣＤもあります。私の小説『佐渡金山を彩った人々』『冬吠え』を全編ＦＭ放送で約二年間、病を押して朗読もしてくれました。親としてこんなに嬉しく有難いことはございません。娘の作品の数々の航跡を振り返りますと、娘も天国でありがとうと微笑んでくれていることでしょう。没後一三年、関係する皆様方には心より感謝している筈だと思います。百歳になり改めて感じることは、やはり元気な中に、やるべきことをしっかりと成し遂げることでありましょう。何でもよい。身体が健康で元気でないと何もできません。モチベーションも上がりません。たとえ出来てもその行動範囲は極端に制限されてしまいます。例えば、著書でも歴史を検証するような緻密な仕事は、この年では体力的にも精神的にも私には、悲しいかなできなくなりました。旅行にしても同様です。一人では、国内はもとより海外など全く行けません。同行者がいても、この年になると自信がないのも事実です。幸い次男に連れられ今までは、国内・海外と元気な時に出かけられました。ありがたいと思っています。息子は、自分の感動を家族と一緒に外国でも共有したいというコンセプトで、私や娘を積極的に海外へ同行させてくれました。会社の有給を取りながらの旅でありました。思い出をいっぱい作ってくれて感謝しています。香港・マカオ・台湾・韓国・フィリピン・タイ・シンガポール・ハワイ・フランス・スイス・イタリアの諸外国に出かけました。それぞれに思い出深い旅情を楽しみました。パリでは「親子三人展」を開催しました。国内では名古屋・大阪・仙台の息子の転勤先を拠点にする小旅行。また、娘の足跡を探して、北海道の札幌・小樽・沖縄の石垣島・竹富島などにも足を運びました。その他、箱根をはじめとする温泉旅行にも好んで出かけました。ゴールデンウイークには、東北一周のドライブや佐渡島一周のドライブも楽しみました。私は幸せな人生と言わなければなりません。

次に、未来永劫残るであろう、文学碑の話をしてみましょう。いずれも関係者の多分なご支援ご協力とご配慮での文学碑であります。平成一七年四月一五日には『佐渡金山顕彰碑』が佐渡金山に建立されました。平成二二年六月二日小千谷市に『田中志津生誕の碑』が船岡公園に建立。平成二六年五月二九日には、娘の「砂の記憶」の「詩碑」と私の「歌碑」がいわき市大國魂神社に建立されました。平成二九年四月二三日には次男の佑季明の「歌碑」が同神社に建立。田中母子文学碑が三基並んで建立されたことは、誠に光栄の極みでございます。

私は、多くの作家の皆さま方との邂逅に感謝しています。竹森一男先生により、神田の光風社書店をご紹介いただき『信濃川』を刊行しました。その本の帯び府には、直木賞作家和田芳江先生が執筆されています。先生から家に遊びに来ませんかとお誘いを受けました。当時、私は大作家先生のご自宅へ訪問するということは、恐れ多く辞退してしまいました。

今考えますと、後悔の念仕切りでございます。まもなく先生から高級せんべいが新宿の自宅に届けられ恐縮した記憶がございます。

新宿時代、大阪の劇作家郷田悳先生より指導を受けました。私の随筆日記をＮＨＫでドラマ化していただいた先生です。大阪の梅田の劇場や東京の新橋演舞場などで戯曲を公演されている先生です。上京すると先生の作品を新橋演舞場などに連れて行って下さいました。

梅川忠兵衛では、役者がポーンとキセルを叩くシーンでは、ここが演出だと丁寧に解説していただきました。先生は私を何度も戯曲家に育てたいと熱心に薦めていただきました。しかし私は小説家を目指したいと先生に告げ、先生は小説家としての資質があるかどうか、先生との書簡のやり取りで判断してさしあげると言われ、数十通の交換で、小説の道を進むようになりました。先生には大変感謝致しております。

また、同郷の小千谷の大富豪の家系に育った詩人でもあり、英米文学者西脇順三郎先生の東京の代々木上原のご自宅を訪問させて頂いたことが印象に残っています。当時、私の著書『信濃川』『遠い海鳴りの町』を先生に贈呈させて頂きました。『信濃川』は既に読んでいらしたようで大変よく書かれていています。西脇家のことも書いていただき、もう一冊いただけないかと依頼され後日お送りさせて頂きました。また『遠い海鳴りの町』のタイトルは、『佐渡金山』とした方が分かり易くて好ましいと助言を頂きました。また、同郷のよしみでありましょうか、「あなたは将来きっと名を遺す人になる」と予想もしていなかったお言葉を頂戴し感動しました。後に西脇家の所有する小千谷の船岡公園に私の「田中志津生誕の碑」が建立されました。現在は小千谷市役所で公園を管理しています。市役所のホームページにも小千谷に文学の灯りを「田中志津生誕の碑」建立として、除幕式の様子が紹介されています。

また、日本文藝家協会入会に当たりましては、川端康成文学賞を受賞された青山光二先生並びに高橋玄洋先生には長きにわたりお世話になりました。また直木賞作家志茂田景樹先生には、私の全集の栞はじめ家族の本の帯文及び書評を新潟日報に大きく掲載していただきました。全集はじめ他の出版記念パーティーにもご臨席頂きました。色紙には「辞の林に遊ぶ」(二〇一三年八月二〇日)と含蓄のあるお言葉を頂きました。また、私に「死ぬ三〇秒前まで書いてください」と激励のお言葉を頂きました。私も短歌で「筆を執りこの人生を書き留めん書くことだけが我が命なり」を詠みました。この短歌は書道家伊井進氏により全紙で書き上げられ、東京芸術劇場と大阪市立美術館の書道展に展示されました。

志茂田氏は、親子の文学碑除幕式にも心の籠った祝電をお送り頂きました。亡き娘佐知の詩の朗読もある会合で披露していただきました。心より厚く感謝致しております。

また、著名な児童文学作家岩崎京子先生からも娘の『田中佐知絵本詩集』の帯び府を執筆頂きました。鋭い視点で執筆されております。「詩人の声は天使のささやきでしょうか。「幼い日」の二編に、それが感じられます。そして詩人の声は神の声。「カラス」「蛇」に、おそれや魔性を超えた詩人田中佐知の愛がうかがえます。福島県郡山のある図書館で開催された朗読会で、岩崎先生ご自身による子供たちへの読み聞かせと、文部科学大臣賞を受賞した郡山のあさか開成高校生による娘佐知の絵本詩集「木とわたし」の読み聞かせ会で、ご一緒させて頂きました。ご高齢の先生が自らの作品「かさこじぞう」を子供たちに愛情たっぷりに読み聞かせされている姿に心を打たれました。

私は家族・大学教授・助教授・文化人・編集者・財界人・新潟県人会・東京相川会・友人・知人たちに囲まれ幸せな人生でございます。

三菱鉱業㈱佐渡鉱山に私が女性事務員第一号で勤務していた時に、同じ職場に京都大学出身の稲井好廣氏がいました。彼は当時から優秀で頭角を現していました。その後、彼は三菱金属㈱の社長・会長を長年務めあげられた方でした。私が佐渡金山を舞台にした小説『遠い海鳴りの町』を刊行した昭和五四年ころ、この本をお読みになられた社長から、新宿の自宅にお電話を頂きました。この本を高く評価して頂き、当時の仲間を集い、「海鳴会」を作って頂きました。小説のタイトルに因んで、社長が「海鳴会」と命名して頂きました。年に数回、当時の職員などが集まり、三菱の高輪会館や都内のパレスホテルなどで宴会を催して頂きました。佐渡おけさを踊る立浪会でしたか若浪会など呼んで頂き佐渡おけさをみんなで一緒に輪になり踊ったものでした。当時の華やかだった鉱山まつりを懐かしく思い出しながら踊り、心ゆくまで談笑したものでした。その後、稲井社長もお亡くなり、三菱金属㈱の社葬に参列させて頂きました。女性は私一人でした。三菱商事㈱に勤務されているご長男様から「生前父が大変お世話になりました」とご挨拶を受けました。社長秘書をされていた東大卒の中村洋様も最近亡くなられ、知人たちもご健在の方が少なくなり寂しい限りでございます。佐渡鉱山勤務時代は、鉱山の隆盛から凋落に向かう時期でした。そして私の青春時代の最も輝いていた時でもありました。今年平成二九年に佐渡金銀山が世界文化遺産に推薦されることを心から願って止みません。

このように、我が一世紀を駆け足で振り返ってみますと、波乱万丈な生活の中でも、暗くて長いトンネルを抜け出し、逆境をバネに良く頑張って生きてきたかと思います。我が人生が、ある面闘争の歴史の記録でもあるのですが、油脂銭氷(あぶらにえがきこおりにちりばむ)ではなくて良かったと思います。幾多の苦労が、努力と忍耐で報われました。

まだまだ書き足りないことは、いろいろとありますが、紙面の都合上、このような記述に留めることになりました。一〇〇年の歴史は、容易に語りつくせません。せめて大まかな人生を思いつくまま時系列的に断片を切り取ってみました。舌足らずで、もどかしさもございますが、ご容赦下さいませ。

自己採点をすれば、百歳なので百点をつけたいところではありますが、九十点といったところでしょうか？　まだまだ心残りは幾つかあります。佐渡金山の世界遺産登録です。あとは息子に良いお嫁さんを迎えて結婚してもらいたいものです。

百歳を今日まで生き続けられたということは、自分一人の力では決してございません。多くの皆様方のご支援ご協力があっての今の私なのであります。このことを肝に銘じ「感謝」して生きて行かなければなりません。命長恥多にならないように留意しなければなりません。社会に恩返しもしなくてはならないと思っています。そのためにも、いつまでも元気でいることだと思っております。感謝。

平成二九年六月三日

二十一　引っ越し

私の人生の中で、引っ越しは何度あったことでしょう。引っ越しには、人生の喜怒哀楽が色濃く浸み込んでおります。子供のころは、生まれ故郷の小千谷から、父親の転勤で蒸気機関車に乗り新潟市内へ移り住みました。明治元年に創設された日本一古い小千谷小学校は、今年平成二九年一〇月一日、一五〇周年を迎えます。式典にご招待されておりますが、百歳の私は、福島から果たして出席できるかは、体調次第でございます。この小学校を四年生の時に転校して、新潟市内の鏡淵小学校で新しい学友と学ぶことになりました。新潟大学近くの学校町に住み、父親が県庁で宿直の日には、母親の作った弁当箱を、新潟大学の校内を通って父親の元へ届けるのが、長女の私の役目でした。

小学校の四年生の時に、近所でバイオリンを弾いている家の窓辺で初めてバイオリンンの心を揺さぶる音色に魅せられました。また、鉄道員が、夜に庭先で尺八の渋い演奏をしているのを聴くのが楽しみの一つでした。隣の家がお琴の先生でした。先生からお琴を薦められ「隅田川」の楽符を家に帰り、畳の目を利用して練習したものでした。チャン・ツウレー・

エンころりんー・チャン。年経ち返る・イヤ・チンチンコロリン・チンコロリン・チッテッ・テイコロリン・コチンチトシャン・ツレツレシャテンテン……（うろ覚え）

新潟の古町の十四番街にある花柳界近くのお琴屋でお琴の爪を師匠と買い求めに行ったことがありました。小学校当時を回想すると、今でも夜店のガス灯の独特のいやな匂いの下、小さな人形を十銭で買い胸に抱えて帰宅した時の様子を思い出します。

工芸学校でも音楽の先生からひとり、廊下に置かれた古いオルガンを習いました。生徒たちが私の周りで私の練習風景を見守っていました。

当時は、音楽環境に親しみ、オルガンやコーラスに触れ楽しんだ時期でもありました。

父親の栄転（佐渡支庁首席属）により、家族は越佐航路の「おけさ丸」で新潟港から日本海の孤島、佐渡の両津港へ、そして佐渡金山のある町、相川で暮らすことになりました。

私の人生の中では、相川実科女学校（現・佐渡高校）並びに佐渡鉱山勤務時代は、戦争というおぞましき時代ではありましたが、青春の真っ只中で、一番輝いていた時代だったと思います。

しかし、二十歳の時、一晩で病のため逝った父親との離別は衝撃的でありました。尊敬する父を亡くしまさに絶望の淵をさまよっておりました。悲喜こもごも、人生の節目を、引っ越しを通して味わってきました。

結婚のため蒸気機関車に乗車して、線路のきしむ音を聞きながらひとり寂しく小千谷を離れ上京しました。小千谷で桐箪笥を母親に購入してもらい嫁入り道具として持参しました。今でもその桐箪笥は、福島で連綿と生き続けております。私の人生と共に歩んできた桐箪笥と言えるでしょう。思い出が引き出しの数以上に一杯詰まっております。

結婚生活は、今までの人生を一変するほどの衝撃的なものでした。大家族に囲まれ、生活環境の激変に驚かされました。

新婚後、世田谷と目黒区大橋に住み、また山手線の内側に位置する新宿の百坪の自宅へ四三年間の長きにわたり居住していました。新宿時代も三人の子供を抱え、夫の酒乱生活に二〇年ほど耐えて泣かされ、経済生活も決して楽なものではなく、自宅の家の一部を他人家族に貸し、また下宿人を置き、内職やタイプ印刷などで生計を立てていました。夫は大企業を途中退職後は、小石川後楽園で事業を起業するものの、思わしくなく、十分な生活はできませんでした。機械メーカーの代理店に転職後は、そこそこの収入も確保されました。しかし相変わらず夫は酒に溺れた酒乱生活が続きました。その姿を見て、これが最高学府を出た男の醜態かと思うと呆れ返り情けなくなります。

生活環境の厳しい中でも、三人の子供たちはみんな大学を卒業しました。地方からでは、とても都内の大学に通わせるだけの経済力は在りませんが、幸い東京に自宅があり、子供たちもアルバイトなどで学費を充当していました。次男は四年間の学費全額をアルバイトで支払いました。授業も八割ほど出席して居ました。根性のある息子です。

夫は相変わらず、酒に荒れた生活を続けておりました。私と娘はそうした生活に耐えられずに引っ越しを決断しました。家出は実は二度目です。一度は、自宅近くの大久保駅から数分の六畳一間の古いアパートでした。余りの汚さに一日で引き払い元の自宅へ戻りました。その二の舞にならないように、この度の引っ越しは重い決意がありました。

東京の郊外にある三鷹の新築のアパート二階に住むことになりました。武蔵の面影を残すこの地で、やっと静かで人間らしい平和な日常を取り戻すことが出来ました。幸せな日々を過ごすことが出来ました。そこで私は佐渡金山を舞台にした、書きかけのの小説『遠い海鳴りの町』を完成させ出版いたしました。昭和五二年一一月、私が六十歳の年でした。

老後のことを考え、不本意ながら総檜造りの料亭風我が家を取り壊し、アパート経営に乗り出しました。断腸の思いでした。自宅と長男夫婦の部屋を確保して、アパートには女子医大生や伊勢丹に勤める食品会社の女子寮などにしました。

新宿駅に比較的近い交通の便利な場所でした。当時近くにフジテレビなどもあり、芸能人なども借りに来ましたが、彼らは時間が不規則な為、閑静な住宅街にある我が家のアパートにはふさわしくないと思いお断りもしました。

時代はバブル期を迎え世の中はお金の狂乱時代でした。当時は家の売却で七億円出すという不動産会社もありましたが、家族の同意を得られず売却には応じませんでした。

その後、諸事情があり、バブル期を過ぎてから新宿の自宅を売却することになりました。平成六年五月一九日私が喜寿の七十七歳の時でした。価格は激減したものです。本来の価格に戻ったのでしょうが、人生の決断を誤ると大損を味わうことになりました。

夫も六十四歳で亡くなり、新宿から西武新宿線の航空公園駅にほど近い注文住宅を六千万円で購入して、娘と同居することになりました。埼玉県所沢市に住むとは夢にも思っていませんでした。都内一戸建て住宅は当時でも高く、少し手が届きませんでした。長男は東京の東村山市にマンションを借り、次男は転勤先の福島県いわき市に土地と家を建設しました。親子バラバラの生活です。幸い娘と一緒に暮らし、娘の晩年まで過ごせたことは幸せでございました。所沢で数々の思いでも残すことが出来ました。娘の病と対峙しながら、四年にも及ぶ闘病生活を家族と共に一生懸命に看病しました。しかし看病の甲斐もなく、娘は親より若くして六十歳直前で天国へ召されました。

娘を亡くし、九十歳で足を骨折していた私が独り住まいするのも厳しいだろうと、平成一九年六月に息子佑季明の住むいわき市へ転居しました。息子の定年退職した年になります。所沢の二階建ての家には、娘と私の書籍類が沢山あり、すべての書籍を持ち込むのが大変でした。ベッド・寝具他かなりの家具・衣服などを小型トラック一台分処分しました。私はこの年なので、ほとんど手伝いもあまり出来ませんでしたが、引っ越しとは相当の体力がいるものだと思いました。いわきの二階建の家は比較的部屋数も多く、所沢からの荷物はそれなりに収納することが出来ました。二世帯分なので、部屋が荷物に支配された感じも否めません。でもまだ余裕はありました。

平成二三年三・一一、千年に一度と言われた東日本大震災で、三月末に東京の世田谷の友人宅の高級マンションに自主避難しました。息子は布団に身の回りの衣服や下着類の荷物を纏め、運送屋の手配に奔走して、三月末漸く東京へ避難できることになりました。私はやっと安堵感を覚えました。

東京電力福島第一原発事故による放射能汚染を心配しての避難でした。いわき市は原発から55キロしか離れておりません。ライフラインの水やガソリン・食料が一時途絶え危機的体験を余儀なくされました。未体験の目に見えない放射能からの恐怖は想像を絶するものがありました。地元のFM放送では、きめ細かな放射能対策や生活情報などを連日流しておりました。流言飛語や、風評被害を防止するためにも、貴重な地元メディアだと痛感致しました。

息子は東京経済大学の先輩池永女史に、「あなたは将来、情報を発信してゆく人間だから、この惨状を実際自分の目で見てから東京に避難してください」と強く言われたそうです。息子は災害地を見に行きたくても、ガソリンが、ジャガーにはほとんどなく、行きたくても行けないと告げると、ご自身の軽自動車を準備して下さり、ご夫婦で被災地をご案内していただきました。息子もその後の作品に、テレビ・新聞などで報道される情報だけでなく、実際に自分の目で見た体験を手に入れることが出来ました。百聞は一見にしかずです。貴重な体験をさせて頂いた息子は、良き先輩を持てたことに対して大変感謝しておりました。

今回の震災後の引っ越しは、通常の引っ越しとは趣を異にするものでした。まさに避難そのものです。トラックの助手席に息子と並んで座り、常磐自動車道を走りながら、これから一体どうなるのだろうかと不安を抱き、逃げるようにいわき市を後にしました。九十四歳の春です。

そして、世田谷の友人宅の億ションに一か月半お世話になり、その後、中野区の都営住宅に避難民として五年間滞在させて頂きました。そこでの公私にわたるご支援を国・都・区・各種団体並びに個人の方々から受けまして、心より感謝致しております。住宅の供給から駐車場そして身の回り品に至るまでご提供いただき有難く思っております。都内での五年間は、時々、いわきへの帰省はあるにしても、ほとんど東京での暮らしでございました。息子は、公私共々東京での暮らしを充分に活用しておりました。家族の著書の刊行や個展・グループ展の開催、美術研究会への参加など私を介護しながら、多方面で時間を惜しんで活動していました。

平成二九年東京生活を五年で見切りをつけ、福島県いわき市に三月八日に戻って参りました。五年間で都営住宅の荷物も増え続け、２ＬＤＫの部屋とベランダには溢れるほどです。一部屋はまさに倉庫代わりです。衣服から本箱・整理ダンス・書籍の段ボールと足の踏み場もございません。息子には早く片付けるように言いますが、家事から仕事まで一切任せておりますので、なかなか動いてはくれる時間がありません。私は足が不自由なので、重い荷物も動かせません。良く整理整頓のことで息子と口論します。私が机の上の乱雑になっている書類や手紙類を整理すると、あの書類はどこにしまったの？　探すのに一時間もかけて探しだすと、ああよかった。やたらに僕の書類は触らないで！　探すのが大変だからと言われます。自分では乱雑になっていても、大体どこに何があるかわかるようです。ごみなどとして捨てるわけはないでしょと反論するものの、ごみ箱から必要な書類が出てくることが、度々ありました。私にとっては、不必要な書類でも息子にとっては必要なものです。また封筒をいつまでも開封していないので、開封しますが、封筒と中身の書類を別々にしておきますと、その突合せが大変だと叱られます。一種類だけなら判明もしやすいのですが、何種類もありますと、分かりにくいのでしょう。早く処理してくれれば助かるのですが、これが息子に対する唯一の悩みです。息子の名誉のために言いますと、時間のある時には、私に似て、見事なほどきれいに整理整頓してくれます。やはり私の息子だわとほっとしますが、また数日もしますと元の木阿弥です。来客者が来る日は朝早くから掃除ばかりしています。ほうきにバケツと雑巾を使い、みるみる見違えるように清潔になります。訪問の先生が月二回お見えになり、毎週金曜日には、リハビリ・看護師・マッサージの先生方が来訪します。その時ばかりは、目に見えるところは、完璧に近い形です。これが毎日継続してくれればどんなに快適な生活が送れるのにと思います。毎日来客者が我が家を訪問してくれれば良いと思いますが、息子の創作活動の仕事は進まないでしょうね。人に依頼して掃除を頼めばよいと思いますが、自分で見極めないと必要・不必要が判別できないので無理だと拒絶されてしまいます。そんなに重要な書類があるのかしらん。確かに今まで出版した私や娘、息子の原稿が山のようにあります。その関係資料や新聞掲載紙とコピーなど含めるとかなりのボリュームとなります。

そんなことで、息子は都営住宅からの引っ越しは、今迄経験してきた引っ越しの中で一番大変だったようです。私は身体が悪く、引っ越しの手伝いがほとんどできませんでした。息子は二週間前からひとりで準備に取り掛かりましたが、引っ越しの当日までかたずけていました。荷物の引き取り時間も昼から夜に変更して残りの梱包に時間を割いていました。

段ボールの数で三百個以上あったのでしょうか？　予想外の多さに親子で驚きました。本は重いために、大きな段ボールに入れることが出来ずに小さな段ボールに入れ替えました、運送会社から準備された段ボール五十個では足りずに、近くのスーパーから何度も空き段ボールを使用させて頂きました。運送会社も予定していたトラックでは運び切れずに、もう一台用意してくれました。トラック一台半ぐらいの容量でしょうか。翌日にはアパートを明け渡さなくてはいけないので、引っ越し当日は寝具のない中、仮りのコートなどで暖房をつけながら休みました。翌日の午後二時ごろにはいわきに荷物が到着するのでそれまでにいわきへ戻らなくてはいけません。逆算すると、余裕を見て朝の一〇時頃には中野の都営住宅をジャガーで出発しなければいけません。最後の部屋の掃除もしなければならず、息子は夜中の一時半ごろに飛び起きて、不要なものの整理などをしていました。朝の八時になってもまだごみが片付けられません。引っ越しを甘く見ていた誤算です。いわきに帰らなければならないこともあり、恥を忍んで、五号棟の会長藤原様に事情を話して手伝っていただきました。「立つ鳥後を濁さず」ではありませんが、最大の汚点を残してしまいました。お陰様で藤原ご夫妻のご理解とご協力を得まして、無事にアパートを引き渡すことが出来ました。藤原ご夫妻には最後までお世話になり、心より感謝申し上げます。これが都営住宅引っ越しの顛末です。

以上見てきたように、引っ越しとは、精神的にも肉体的にもハードな作業だということが分かりました。業者に丸投げすれば済むことですが、それも出来ず今回のような、予想外の展開になってしまったことを、息子は深く反省していました。

引っ越しに 振り回されて 時が過ぎ 準備不足 後悔しきり

いわき市へ戻って四か月、引っ越し荷物を整理整頓することが、最大の課題です。二階には段ボールの山が荷ほどきされずにうず高く積まれています。目の前の仕事が山積していたために（文学碑除幕式準備・出版に伴う原稿及び・家事等々）荷物の整理まで手が回らないことが実情です。私が動けないことも大きな原因の一つです。息子は年内までには片付けると申しています。この際、捨てる物は思い切って捨てることが必要です。息子にも言い聞かせています。

二十二　いわきアラカルト

いわき市には、今年三月八日に自主避難先の東京から六年目に息子と一緒に戻ってきました。かつては、日本一広い面積を誇っていましたいわき市には、数多くの名所旧跡があります。私の住んでいる湘南台は、小名浜港に近く、時々海を見たくなると、息子の車に乗り、出かけます。

浜通りは、海岸線がどこまでも北上しておりますので、海はどこにでもあります。小名浜港は比較的家から近いために便利なので出かけるのです。日常を離れ、港に停泊している漁船群や釣り人達を見るのも楽しいものです。港に飛び交うかもめや海猫たちを見て、港町にいる実感を味わいます。国際貿易港ですので、外国の貨物船も見かけます。街中で、船から降りた乗船員が自転車に乗っている姿や集団で歩いている姿を見ることがあります。ロシア人やアジア系の肌の黒い方たちもいます。ホームセンターでの買い物や、スーパー・飲食店を利用しているようです。小名浜にはソープなどの歓楽街もあります。船乗りが港に寄港した時に、長い海上での生活を癒すために酒や女性を求めるのでしょうか？

　観光の遊覧船も就航しています。娘が生きていた一〇数年前に、小名浜港から遊覧船に乗り、午後の湾内をクルージングして楽しみました。新型の遊覧船は快適でした。当時も船は「ふぇにっくす」でしたでしょうか？　乗客は、新婚の若い夫婦と私たち親子三人だけでした。まるで貸し切りです。これでは一八〇〇円の乗船賃では赤字だろうなと、乗船していても悪い気がしました。オリジナルイベントとして、船上結婚式や初日の出クルーズ・花火大会・納涼クルーズ・クリスマス・忘・新年会クルーズなどがあるようです。

「いわきアクアマリンふくしま」が海に隣接してあります。パンフレットには、「海を通して人と未来を考える。黒潮と親潮がであう「潮目の海」がテーマだそうです。以前、孫二人を連れて水族館を訪れたことがあります。水族館の敷地内で、孫たちは釣り体験もしましたが、竿の糸を垂らすと、あまりにも早く魚が釣れてしまい面白くないと上の孫は言っていましたが、下の弟は、結構喜んでいました。

　息子の話によりますと、館長の阿部義孝氏は、人のやらない水族館造りを心掛けていると言います。世界で初めて「さんま」を水族館で飼育することに成功しました。二〇一八年一一月五日から一〇日まで「第一〇回世界水族館会議」（ホスト館アクアマリンふくしま）が内外五百名を超える水族館関係者が集まり開催される予定だそうです。館長によりますと、東京・福島・新潟とも連携を図り、観光文化振興にも寄与したいと言います。ご成功をお祈りします。ユニークな館長です。水族館で確か「縄文雑魚の会」があるようです。いわきの文化人たちが集まる会に次男が出席したそうです。水族館の前で、魚の泳ぐ姿を見ながら、夜の食事とお酒を飲み、参加者と親睦を深めたようです。テレビ局の支社長や医者・大学教授・地元企業の経営者などが集まり、自己紹介を兼ね情報交換をしたと言っていました。今年四月二三日大國魂神社での息子の「歌碑」除幕式にも館長はご臨席頂きました。人との邂逅は有難いと思っています。

いわき・ら・ら・ミュウは、飲食店と魚売り場があり、新鮮な魚を観光客に販売しています。二階には「ライブいわきミュウじあむ」があります。各種イベントが開催されています。現在は、「忘れたいこと・忘れられないこと・忘れてはいけないこと。あの時、何が起き今、何ができるのかを考える。二〇一一・三・一一いわきの東日本大震災展が開催されています。いわきの今笑顔・いわきの震災・復興に向けて・明日へ・映像・防災コーナー・いわきの支援と記憶などのコーナーがあります。いわき市内各小学校の生徒たちから、壁いっぱいに貼られた力強いメッセージが沢山寄せられていました。紙面の都合上一点しか紹介できませんが、ある小学生から次の一文が眼に留まりました。「笑顔はいわきの底力I♡IWAKIいわきっこは負けない！ くじけない！ 笑顔と絆でもとのいわきを取り戻すぞ！」「がんばっぺ・いわきっ子」小学生の震災に負けないストレートな心情と頼もしさが感じ取れます。これからの時代を担う子供たちから、震災後の真摯に向き合う力強い言葉の数々に感動を覚え勇気付けられました。震災の映像や写真も生々しいのですが、私は避難所の再現で、体育館に仕切りの段ボールが置かれ、衣服など日常品が置かれ切実さが生々しく伝わってきて、胸が痛くなりました。二度とこんな残酷な震災は起きて欲しくないと思いました。

海を見ると、どうしても佐渡の海を思い出してしまいます。佐渡は日本海、いわきは太平洋と違いはありますが、海には変わりがございません。青春時代過ごした相川の家は、裏が海という環境で、海鳴りの音を聞きながら暮らしていました。四季折々の海の表情には変化があります。真っ赤に燃える大きな夏の夕陽が地平線に沈んでゆく雄大な姿に感動を覚えたものです。また吹雪に舞う冬の荒れた日本海。きびしい自然を肌で感じ生活していました。

東日本大震災を経験した私は、大型の津波でも来たら相川のわが家は、ひとたまりもないだろうと思うと、恐ろしくなりました。

「小名浜・三崎公園」は、総面積70万㎡の広大な公園です。公園には「いわきマリンタワー」があります。海抜106メートルの展望室からは、いわきの青い海や緑の山々などが一望できます。広大な公園には、いろいろな施設があります。野外音楽堂はじめ芝生広場も併設。野外音楽堂は、音楽会の他に労働組合のメーデーの祭典にも使用され、息子は若い頃出かけたことがあるそうです。芝生広場はいつも家族連れなどで賑わっています。潮見台からの展望は圧巻です。海に突き出た展望台は一見の価値がございます。高所恐怖症の次男は、眼下の荒海を見るのが苦手のようです。海岸線に打ち寄せる白波と、岩肌に植えられている松などの常緑樹木が調和され、日本の風景美の素晴らしさを感じます。小学生の孫たちは、全長74・8メートルの巨大なローラー滑り台が気に入ったようで、何度も繰り返し挑戦していました。そんなあどけない孫の姿を見るのが楽しくて仕方ありません。海と緑の自然に囲まれた三崎公園は、大変贅沢な公園であります。

また、美空ひばりの「みだれ髪」で知られる塩屋岬にも時々出かけます。小高い山の上にある白い灯台の下には、美空ひばりの碑があります。晩年のひばりの写真と思われるものが、碑に飾られ、人が碑の前に立つとセンサーが稼働して「みだれ髪」のひばりの歌が流れてきます。潮風に吹かれながら聴く歌も情緒があります。いつも観光客たちで賑わっています。息子は塩屋岬の油絵を一〇年ほど前に描き、初めて知人に売ったそうです。

いわきにいても、ハワイを体験できます。そこは「スパリゾートハワイアンズ」です。全国的に映画で有名になった総合的レジャー施設です。宿泊・温泉・レストラン・流れるプール・フラダンス・ポリネシアンショー・国内でここだけの迫力あるファイヤーナイフダンスショウなど盛り沢山です。

世界最大の露天風呂もあり、男湯は千人露天風呂と言われているようです。息子の勤めていた三菱マテリアル㈱は、この施設と契約していて、彼は割引料金で入場でき会社の仕事帰りによく利用していました。露天風呂の湯煙につかりながら、三味線の音を聞き和服姿の女性の踊り手が影芝居を演じる。おつで江戸情緒をたっぷりと味わい仕事の疲れを癒したそうです。

私と娘も息子に連れられ、この施設を何度か尋ねたことがあります。フラダンスはハワイで見た本場のダンサーにも匹敵するほどのダンスです。常磐炭鉱の閉鎖に伴い、従業員の娘さんたちを中心にフラダンスチームが、結成されたと聞いています。

湯本温泉は、日本三古泉と言われ歴史のある温泉です。湯本温泉が発見されたのは、四世紀です。

湯本温泉に宿泊したことがあります。老舗の松柏館。この旅館は昭和天皇が宿泊されたことでも知られる由緒ある旅館です。東京に在住していた時に、いわき訪問の折、大企業の幹部たちと一緒に宿泊させて頂きました。歴史の重みと風格を感じました。また、いわき出身の講談師・神田香織さんの講談を旅館の大広間に聞きに行ったことがあります。公共の湯である温泉にもでかけました。二〇年も前のことでしょうか？　息子のいわき転勤で、いわき市の経営する温泉です。当時入湯料六十円ぐらいだったと思います。それがやがて一五〇円となり今は「さはこの湯」で二三〇円ぐらいでしょうか。ここは、源泉の湯を使用していますので、泉質は申し分ございません。風呂上がりに子供たちと近くのすし屋に入り、冷たいビールとめひかりの空揚げや握り寿司を食べて帰った日が懐かしく思い出されます。

美術・文学・芸術施設も充実しています。いわき市立いわき美術館は、各種企画展を開催しております。今年も五月に息子は「レオナール・フジタとモデルたち―素晴らしき乳白色の肌―」を鑑賞に行ってきました。東京に行かなくてもこのような素晴らしい展覧会が鑑賞できることは幸せです。

ギャラリーも各地に点在しています。息子も何度となく個展や朗読会を、いわきの各ギャラリーで開催してきました。いわきに戻り、機会を見て今後個展など開催したいと考えているようです。

劇場も十数億円かけてアリオスという立派な施設があります。音楽会・講演会・演劇などで幅広く活用されています。いわきの駅前には図書館と併設されて、ラトブというホールがあります。娘の朗読コンサートもこのホールで開催されました。

いわき市立草野心平記念文学館が、いわきの郊外にある心平の故郷小川町にあります。詩人草野心平の常設展示室があり、心平の生涯と作品を紹介しています。草野心平とは、生前に天山文庫で娘と一緒にお会いさせて頂いたことがあります。私の著書『信濃川』を贈呈させて頂きました。娘は草野の経営する新宿のバーに詩人仲間と通っていました。

心平の図書館には、娘の詩集・随筆・全集の他、すべての刊行物と私と次男の著書を寄贈しています。

ロケーションの良い立地に建てられた立派な文学館です。かつてこの文学館で、娘の詩「孤独」を荒川誠氏により現代音楽に作曲して頂き、ピアノ演奏で朗読していただいたことがあります。また韓国の高校生に娘の絵本を韓国語で朗読していただきました。私にとりまして想い出深い文学館でもあります。

勿来には、勿来関があります。奥州三関の一つと言われ、他の関は、福島県の白河の関と山形県鶴岡市の念珠ケ関です。勿来の関公園内には、詩歌の小径があります。松尾芭蕉の句碑・小野小町の歌碑・斎藤茂吉の歌碑・和泉式部の歌碑などが建立されています。

また、いわき市勿来関文学歴史館があります。企画展があり、さまざまな視点から文学・歴史を紹介しています。歴史館のギャラリーもあり、今秋、次男の佑季明が書・油絵・水彩などと、他の作家達の作品を含めて『田中佑季明を取り巻く世界展』を開催する予定です。「いわき市暮らしの伝承郷」が中央台にあります。古民家が五棟林の中にあります。常設展示室には私たちの生活に関する資料を展示しています。

大型ホテルとしては、ゴルフ場を完備した小名浜オーシャンホテルがあります。このホテルは、お客様を接待するのに時々使用致します。太平洋を眼下に雄大な海原を眺めて食事をすることがあります。ホテルの窓から海に浮かぶ照島が、津波で大きく削られ、昔の姿を知る者にとっては痛々しい限りで、自然の力の恐怖を痛感致します。娘が生きていた時には、子供たちとゆっくりホテルの部屋で海を見つめ、明日の未来を語ったものです。

いわきには、その他、花火大会やいわき踊り・じゃんがら踊りなど沢山の催しがございます。勿論その全てを紹介することはできませんが、いわきは、大変素敵なところです。気候も温暖で、東北の湘南と言われています。

あの原発事故さえなければ、安全・安心で平和なのびのびとした余生を暮らせたでありましょう。避難生活を終え、やっと少し落ち着いて今こうしていわきに戻りました。息子とこの地で生ある限り真っすぐ前を向いて生きて行きます。

平成二九年六月二日

二十三　佐渡金銀山世界文化遺産登録に向けて

佐渡金銀山は、現在世界文化遺産の暫定登録となっております。今年平成二九年七月三〇日、政府による本年度の日本の世界文化遺産登録が決定される予定と聞いております。佐渡金銀山は、今年三度目の挑戦です。福岡県・長崎県に次いで今年こそは、新潟県の佐渡金銀山を登録決定されることを心から願って止みません。

世の中には、三度目の正直という言葉がございます。この言葉通り世界文化遺産に登録されることを希望致しております。

かつて、私は新潟大学旭町学術資料展示館主催・共催・新潟県教育委員会・佐渡市教育委員会・新潟市教育委員会・文化財保存新潟県協議会・後援・佐渡市・新潟日報・NHK新潟放送・BSN新潟放送・佐渡汽船の第四回世界遺産フォーラムに参加させて頂きました。このイベントへのご案内は、相川小学校校長逸見修先生と新潟大学教授橋本博文氏から寄せられました。

二〇〇九年三月二八日土曜日・万代市民会館大ホールに於いて、午前九時から一二時三〇分まで開催されました。会場では、新潟大学副学長はじめ関係者の方々が私の所へご挨拶に訪れました。

テーマは、世界遺産教育 世界遺産をめざした教育と世界遺産を活用した教育への取り組みです。

講師としては、逸見修（佐渡市立相川小学校校長）・中澤静男（奈良市教育委員会指導主事）と私田中志津（小説家）の各氏が名前を連ねております。

逸見先生は、一時間余り「佐渡における世界遺産をめざしての教育取り組み」を相川小学校の生徒と共に、真摯な姿勢で実践的な取り組みの基調報告を講演されました。相川小学校五年間の軌道を熱く語りました。

世界文化遺産登録運動アクションとして、「輝け！ 世界の宝 佐渡金銀山」はじめ数多くのＤＶＤを子供たちと制作されてきました。また、世界遺産に詳しい方を招いての学習会も開催されました。長崎大学教授はじめ国土交通省の局長さんなどを講師に招きました。

娘の詩人田中佐知が、『佐渡金山を彩った人々』をＦＭ放送で全編朗読したＣＤの一部を生徒さんたちが聞き、佐渡金山の光と影を学習した後に、みんなで話し合い認識を深めたそうです。その感想を生徒一人一人が、私宛に感想文を書いて送っていただきました。それに対して私も子供たちにメッセージを送らせて頂きました。その後、平成二〇年一〇月六日には相川小学校を訪れました。

「田中志津様　ようこそ相川小学校へ」大きな垂れ幕を講堂に貼っていただき、メッセージを子供たちに送り、交流会を持たせて頂きました。教職員はじめＰＴＡ・父兄の皆様方にもお越しいただきました。また子供たちと一人一人握手をしました。私は小さな子供たちの手を握りながら、やがて彼らも成長され、未来の佐渡金銀山が世界遺産になり、故郷佐渡を誇りに思う世代になるのだわと思いました。

逸見修先生は、世界遺産に向けて、各方面に積極的にアクションを起こしている立派な方であります。私はこのような教育的取り組みをされている先生を尊敬致しております。

フォーラムでは、私のメッセージを新潟大学の女性事務局員の方に代読して頂きました。また、「佐渡世界遺産登録運動へのエール」「佐渡金銀山世界文化遺産登録に託して」と題して私の原稿を冊子に掲載していただきました。感謝致しております。

私が昭和初期、佐渡鉱山に勤務していたことや、小説『遠い海鳴りの町』そして佐渡金山四〇〇年記念で『佐渡金山を彩った人々』の刊行について述べています。また「佐渡金山顕彰碑」として2トンの金鉱石と共に平成七年四月に私の文学碑が自筆で第三駐車場に建立されました。碑には、「今年二一世紀を迎えた佐渡金山は、開坑以来四〇〇年を迎えた。いまは廃山になってしまった金山だが、かつてこの金山に勤めた人々のあの活気に満ちた青春の情念が、そして金山を愛した町の人々の熱い想いが、かつての華やかな佐渡金山の鉱脈の層にその名残をとどめ、息づいていて欲しいと切に願うのである」と刻まれています。

金鉱石は昭和四年に金山から採掘されたものでございます。

最後に佐渡金銀山が世界文化遺産に登録されんことを心より祈念しますと結んでいます。

指導主事中澤静男氏からは、世界遺産を活用した教育について講演されました。

世界遺産基礎知識・ESD持続可能な開発のための教育・持続発展教育・持続可能な社会のための「教育・世界遺産学習・世界遺産を通した国際理解教育、環境教育・平和教育・地域遺産教育などについて語られました。含蓄のある講演でありました。どれだけ多くの人々が、佐渡金銀山が世界遺産に登録されることを願っていたことでしょうか。悲しいかな彼らはこの世を去ってしまいました。この無念さを晴らす為にも、是非今年の登録を実現させてあげたいと思います。あれから幾歳月と年を重ねてきましたが、今年こそ名実ともに世界遺産としてふさわしい佐渡金銀山でありたいと思います。

平成二九年六月二〇日

第二章　短歌

正月盆栽囲み祝い酒松竹梅家族の笑顔

門松を対に飾りて春を待つ賀状届き故郷(ふるさと)の風

子供らと新年迎えまたひとつ幾歳月を刻み込む春

我ひとり部屋にこもりて息子待つ靴音近く思わず笑みが

厨房朝昼夕に手料理けなげな息子感謝しきり

迷い路人生航路行き交って辿り着く場は春の陽だまり

三日月に寄り添う星は娘なりきらめく夜空涙に滲む

かもめ飛ぶ大海原に風受けてさやけき春の夕焼け空よ

渡り鳥群れから離れ一羽飛ぶどこ行く空へわれに似たりかな

ヒヨドリと雀の親子庭先で餌の取り合い空中戦

我が介護足手まといというなかれ親を世話するけなげな息子

車椅子息子に曳かれ散歩する見えない景色いつぞや彩る

生き甲斐は生きることなり毎日を生きる慶びこの身に刻む

浴衣(ゆかた)着てわが娘の笑顔夏祭り頬紅付けてピィーヒョロロ

昔日の子らの姿に夢託し苦楽の中に光見いだす

青春この輝きを全身にみなぎる力われに与えん

みずかめにうっすら氷光る朝手をかじかめて朝餉の支度

みちのくの遠く連なる青い山眼下広がる白い町並み

鉄塔は小名浜製錬燦然と天に仰ぎて日夜そびえる

丘に立ち小名浜港に貨物船ゆるりと進み白い航跡

海岸に打ち寄せる波潮風吹かれ揺れる夕顔

枯れ葉舞う木枯らしの町襟を立て夕餉の支度家路へ急ぐ

生かされて命の水脈(みお)を刻み込む鼓舞する力血潮ぞ踊る

身体との闘いの日々終日こころ折れしも息子の励み

天高く翼広げて鷲が舞う夕陽に雄姿遠く消え去り

野良猫よ抜き足差し足餌に寄るあたり警戒魚ほお張る

瀬戸瓶(かめ)に金魚泳ぐ水の中草葉の陰にひっそり身寄せ

樹齢よ百を超えてわれ生きん太陽水の恵を受けて

川崎の母との別れ切なくて夜の列車涙がこぼるる

とぼとぼと夜の街灯二人づれ老いた母との別れの駅舎

あの頃が戻って欲しい昔日よ無情な日々に砂を噛む

袖通し母のぬくもり今何処思い出の日々涙ふるうる

病院老いも若きも人の群れ待合室に悲喜こもごもと

病室カーテン仕切り個の世界点滴の管(くだ)手に伸び刺さる

看護師の白衣行き交う病室朝の検診あわせわしなく

退院日指折り数えて今日迎え閉ざされた部屋今がらんどう

蘇る身体（からだ）回復有難や医者看護師感謝尽きぬ

うらぶれた漁港の村月明り波のしじまに潮風吹かれ

魚網（さかなあみ）陽に干す女糸紡ぐ白波蹴って大漁旗

夕陽さす赤い海原輝いて漁船（ふね）取り巻くは海（うみ）鳥の群れ

地平線紺碧の海白い雲地平の果ては異国の世界

海よ海広くて深く果てしない大海原の自然の節理

岸壁に白い灯台あかり射す波しぶき耐え今日も灯る

人生は荒波に耐え明日を待つ怒涛の日々に光明射す

われひとり孤独噛みしめ耐え忍ぶ弟妹先に召されて

悲しさに打ち砕かれて幾年よ娘の姿今日も浮かぶ

今を生き過去を語れど今はなしこの世の哀れ語ることなし

日本海荒波高く佐渡島冬の凍てつく寒さにこごる

ドラが鳴る港離れてかもめ飛ぶ越佐航路に父の面影

能舞台きらびやかさと静寂森の梢に能面光る

相川やわがふるさとは恋しくて鐘つき堂のああ鐘の音

佐渡おけさ輪になり踊る春日崎潮風吹かれたもと乱るる

マス目埋め命のしずく落とせども試行錯誤の文筆稼業

くる朝も生きねばならぬこの日かな体の痛み厳しさ抑え

車椅子古きわが友有難や私の足にいつぞの日から

湯の岳に車走らせ風を切る林の中に街並み覗く

自動車道ある道をどこまでも車窓に飛ぶ風景楽し

片腕の息子なくしてわれあらず東奔西走今日も生きん

われ生きん旅路の果てにいわきの地山河と海に心癒され

生きること悲しむなかれ光あり命の炎絶やさず燃やし

今は亡き娘(こ)の面影を胸に抱き満月仰ぎすすきぞ揺れる

いつぞやらこの地を訪ね子らと共海の向こうに塩屋の岬

亡き夫酒に乱れて幾久し苦労重ねて今生きるぞよ

みちのくに母子文学碑誉かな苦労報われ慶び浸る

大國の縁豊かな神の里心洗われ無我の境地

物忘れに思う

物忘れ驚くほどに悲しかなこの現実をたれにせめても

さっきまで覚えしことも今何処言葉泳いで鬼ごっこ

善きことよ忘れることも恐れなし新たな言葉導く泉

忘却先の会話も今はなく初めて聞くと戸惑う息子

カレンダー日付け丸付け時を知る四季の移ろい過行く日かな

年老いてノート広げてメモを取る記憶留めて明日を生き継ぐ

貼り薬胸に一枚願い込め進まぬ認知効いてか効かず

朝刊先ずは日付けに目を通し世相の暮らし踊る紙面よ

人は言う百歳なれば無理もなし儂七十で物忘れ多し

覚えること忘れることは紙一重何が大切五十歩百歩

風鈴よ風に吹かれて夏は来ぬ蝉の鳴き声さやけき朝に

ホーケキョ姿見せずに杜の中小鳥囀り春遠からじ

平成三〇年　春　猪苗代にて

猪苗代息子と訪ねて青い空雲悠々と磐梯望む

五月晴れ会津磐梯仰ぎ見る湯煙匂う湖畔の宿かな

いわきから峠幾つも走り抜け湖面に光る磐梯山よ

福島の山険しくも美しく雄姿連なる車窓の額

松の木に夕陽輝き猪苗代黄金（こがね）の湖面さざ波寄せて

春霞猪苗代湖に包まれて遠くの山地湖上浮かぶ

『愛と鼓動より』平成二九年一一月

ひっそりと庭に咲きけむ寒椿我知らずとも命育む

丘に咲くコスモス花の青くして遥か海風白蝶舞う

春半ば桜満開天仰ぐ驚さえずる大畑公園（いわき市）

桜の木年輪重ね咲きにけり枝より新芽大地に根張る

大國の森佇みし文学碑卯月の桜そよ風に舞う

庭に咲く可憐な花よ優しくも強く生きらむ我語りかけ

わが庭や日日草の花咲きぬ花々乱れ香流るる

部屋にいて三色すみれ鮮やかに春待つ心陽だまりの午後

花の種夏には咲かむひまわりの大きく開花待ち望む日々

桜咲く四月に生まれ五十九二月に散りぬ命悲しや

桜咲く山河の絵巻日本の美花びら重ね風にふるうる

三日月の星降る夜を見上げれば故郷遠く消えては浮かぶ

床の間に座卓の木目漂として森の息吹を部屋に伝えん

ひばりの碑塩屋岬に髪乱れ潮風吹かれわれ手を添える

白衣着て笑顔絶やさず問診す青年医師の心強さかな

コトコトと夕餉の支度勝手立つ老いた我が身に子の手料理

白銀の海原広く太平洋よ荒波寄せる魚港の町

のどかなり三崎公園春うらら桜満開宴囲む民

鶯の鳴き声響く山桜燕スイスイ春遠からじ

餌求め庭に集うは鳥の群れ人影察し空へ飛び立つ

嫁ぐ日に故郷小千谷桐ダンス苦楽を共に半世紀越え

都から遠く離れてみちのくへ息子と暮らす穏やかな日々

ひっそりと母子文学碑大國の神に守られ言魂の森

港から白い漁船海原へ航跡残し夕日に沈む

岸壁に釣り人の群れ糸たらし竿弧を描き踊るアジかな

朝風呂に湯煙ぞ立つゆらゆらとヒノキの香かけ流しの湯

とくとくと子に注がれし祝酒心染み入る百寿かな

百歳命の限り筆一本己の歴史文字に刻まん

大國に母子文学碑建立梢の中に小鳥さえずり

トンビ飛ぶ青空高くピィヒョロ翼広げて鈴の鳴き声

恐ろしきあの原発は今も尚牛歩の如廃炉進まず

避難終え心安らぐいわきの地優しき山河親子迎えて

一抹の不安抱えてフクシマや明日の命をたれに託せば

六年目わが家変わらず主を待つさつきのつぼみ微笑む春よ

湯の岳に雲悠々と流るる日いつしか胸にふるさと偲ぶ

人生よああ百年色模様過ぎ去りし日は泡方の如

暗闇に灯りともして小名浜港風雨に耐えて幾歳月よ

二〇一七年一〇月新潟県小千谷市立小千谷小学校は、創立一五〇周年を迎える。日本一古い伝統校である。父・母も同校に通学した。私は父の転勤時の小学校四年生迄通学していた。

我が母校歴史伝統日本一小千谷小の誇り永遠（とわ）に継ぐ

伝統を今に伝えて一五〇恩師の心わが胸宿る

明治から平成生きて凛と建つ輝く小千谷われらの誇り

目に浮かぶ学友の顔今何処学舎学ぶ小さな瞳

教師の子へのまなざし熱くして今にも残る面影の日々

七月二一日 小名浜生協病院入院
七月二八日 退院 病名帯状疱疹

闘病短歌

夏の日にサイレン響く丘の上病の床に今日も暮れ行く

都から遠く離れていわき路へ見舞いの客息子がひとり

窓辺から緑の山を見上げれば力与えん山の神かな

退院を指折り数えカレンダー息子の笑顔心安らぐ

うす紙を日々はがしては回復す命燃ゆるは百寿かな

点滴をぽたりぽたりと血管に命のしずく我蘇る

病食口に運ぶ手もどかしく家庭料理いつ食べられん

配膳にプラスチックの容器置くおかゆ一口命をつなぐ

沈黙の夜の暗闇床の中孤独闘い今日も暮れゆく

退院日夏の陽受けて晴れやかに外の空気を胸いっぱいに

月の夜に庭のこおろぎ鈴の声夜露に濡れて静かな調べ

じりじりと夏の太陽照りつける林の中で蝉のざわめき

この命知ってか知らず蝉の声精一杯に今を生きなむ

夏の日に風鈴揺れて涼呼ぶ庭の小池にシオカラトンボ

秋はじめ再入院に心折れ励ます息子気を取り直し

社会と遮断された病室命あずけて白衣行き交う

退院日朝日さやけき心晴れ元の生活戻る慶び

九月三〇日〜一〇月八日

磐城共立病院再入院

第三章　語録

この語録は、五・六年前頃から思いつくまま書き留め纏め上げたものである。

人生とは、長いようで短いものである。

家族とは、最小限の核であり、最大限の愛である。

生きること、生かされていることに感謝。

振り返る人生より、明日に向かって歩く人生。

老いることは、悲しく寂しいことだが、人生の深みを味わうことが出来るものだ。

言葉とは、わたしの分身であり、世に歩き出す言魂でもある。

喜びも悲しみも乗り越えて、今の幸せがある。

旅とは、新たな世界に感動し、身心を活性化させてくれるビタミン剤。

人の情けは、みそ汁のように温かで身に染みる。

美とは、角度・見方により、変形変容し、美しくもあり、醜くもある。

短歌とは、三十一文字に人生を語る。

私にとって小説とは、私の顔であり、裏面史でもある。

生きることは、無限大の可能性を秘めている。だが、無限性を追求・実現することは、容易なことではない。

幸せとは、日常のさりげない所に影を潜めそっと見守り息づいている。

健康は、病に見舞われ苦しみ悩んだ時、はじめてその価値を教えてくれる。

夢や挑戦は、年齢には関係がない。その志が重要だ。

年を重ねるほど、時間との闘いが勝負となる。後ろばかり振り返っている暇などない。今この時を真剣に生きることだ。時間が私を追いかけ、追い越してゆく。それでも私は時を追いかけ、後に続く。時を超越してみせる。だが人生長いようで短いものである。

政治・経済・文化・芸術・思想・宗教・民族・人種と多種多様な世界。価値観も千差万別。

だが、地球はひとつ。

人は神に祈り、仏に手を合わせ、何を望むのか？　それはヒトの性（さが）・自然な美しい姿。

言葉には、重い言葉・軽い言葉・愛の言葉・傷つける言葉・勇気づける言葉など、いろんな顔と生きた肉声がある。

着飾ることは、自分と他人を楽しませてくれる。

新年は、心新たにリフレッシュ。リセットさせてくれる魔法のお年玉。

一日の中で、睡眠・食事以外、残された時間は限られている。だから、行動して、今を追求するが、怠惰と気力・体力・疲労が邪魔をする。

夫婦の味は、人それぞれ人生の歴史がある。味付けは「さしすせそ」とはいかないもの。後悔は取り戻すことはできない。後悔をバネに前へ進むことはできる。

表舞台に立つには、何倍もの裏舞台がある。

女神には、男神もいるものだ。

人生チャンスは、誰にでも何度か訪れるものである。そのチャンスを見逃さず、最大限に生かす人が、成功者と言えよう。

人生は一度だけ。これで良いのか？　時に立ち止まり、そのことを噛みしめ行動する必要がある。

人生節穴だらけ。真実を見落とすことがある。節穴の先には虚無しかない。

人生は己との闘いであり、また社会との対峙の仕方で、生き方の色模様が変化する。

作家の仕事とは、自分に感動を覚え、他人に感動を伝える。

身体は衰えても、眼力は衰えず。

平凡こそ一番。

平凡に生き、非凡で終わる。

笑顔は万国共通語。心の壁を開放してくれる。お金もかからぬ世界通貨。

人間賛歌とは、パラリンピック選手見るたびに、人間の計り知れない能力と底力を知る。

老いて、身体が不自由になれば、等身大の自分と共生してゆくしかない。

苦渋・苦悩を舐め続け、人生の味覚を研ぎ澄まし、酸いも甘いも受け入れて熟成された一級品の味が生まれる。


百一歳、さあ、これからが一からのはじまり。


人生を真面目に生きることは、不条理で厳しいものがある。神も仏もいないと思う時がある。

究極的には、自分で自分自身を生きるしか術はない。

だが、一条の光が輝き舞い降りてくることがある。それが神？仏？

人生は試行錯誤の迷路のようなもの。己の道をひたすら探求・信じ前へ歩くしかない。

その先に光明が射せば成功と言えよう。

裏切られ傷つき挫折しても諦めない。逆境をバネに飛翔する。

個の力あなどるなかれ地球をも動かす。

執筆の系譜

私の人生と作家としての軌跡と愛おしい家族と

わたしの過去の作品の履歴を、簡単に自己解説して、記録にとどめることにした。九十九歳にして、このように自己の作品を振り返り、批評することはおもばゆいが人生の航跡として残しておく意義もあろうかとも思う。

それぞれの作品は、私の子供のようなものであり、その時代時代を共に真摯に生きてきた産物である。いずれの作品も精一杯、試行錯誤しながら真剣勝負をしてきた自負がある。あらためて回想してみると、その時代の生活感や匂い、葛藤などが生々しく蘇ってくる。

文学作品として書店に配本され、新聞をはじめ各種メディアにも幾度とご紹介いただだいた。また、文学碑も佐渡金山・小千谷・いわき市に皆様のご協力と理解を得てそれぞれ建立していただき、大変光栄に思う。未来永劫残るかと思うと、身の引き締まる思いである。

約一世紀に亘り、人としての年輪を重ねて生きてきた。順風万帆ではもちろん無かったが、

99歳の誕生日を記念して、長男昭生（右）・次男佑季明と撮影

人生の荒波にどっぷりつかり、女の細腕で舵を握ってきた。

もともと子供の頃より文学が好きだったが、物を書くことを決定づけたものはやはり夫の存在である。夫の酒癖の悪さや貧困の中で、波乱万丈な生活を二〇有余年の長きに亘り、家族とともに辛酸を舐めさせられてきた。それでも真摯に生きることを放棄しなかったのは、わたし自身のためというこどもあるが、子供たちの成長を見ながら、逆境をバネに生きざるを得なかった。喜怒哀楽の人生を繰り広げてきたのである。

正直、後ろを振り返る余裕さえなかったと言えよう。

その結果、数々の文学作品が誕生する。『雑草の息吹き』は、NHKでドラマ化され放送された。私の文学の土壌は、故郷の気候・風土・文化に根差したものであるが、結婚生活から生まれた幾多の不条理な世界から発芽して細い枝葉となり、やがて太い幹に成長し、花を咲かせたものも多くある。太陽と水と肥沃な土地は、私にとっては、故郷の土壌・夫の生きざま、家族の絆・愛に結実するのであろう。

戦争という歴史の悲惨さもあったが、ひとりの女が歩んできた道程は、あまりにもドラマチックであり、神は何故にこの難行を我に与え給うたものだと思う時があった。だが、平坦で幸せな生き方も良いが、密度が濃く、起伏に富んだ生き方には人生の深みがあるのではないか。最近そう思う。

縷々おんなのひとりごとを述懐してみたが、これまで九九年間生きてきた総括として、このような冊子にまとめることが出来たのは、喜ばしいものと考えている。

平成二七年 初秋

文学往来

ある文学雑誌で同人誌「文学往来」の会員募集の掲載記事を見た。生活が荒廃していたこともあり、文学に自己の思いのたけをぶつけたい気持ちもあったのであろう。東京の代々木駅近くにある同人誌をひとり訪ねた。主宰者は大手ゼネコンに勤務するＫ氏だった。

会員には早稲田の学生から小学校教員・サラリーマン・医者迄多彩なメンバーであった。女性は私一人。主婦である私に対して、ある会員は「よくご主人は同人に入会することを許してくれましたね」と怪訝そうな言葉

文学往来
発行 : 文学往来の会
仕様 : A5 判針綴じ製本
創刊 : 1966 年 1 月 25 日 [現在絶版]

※田中志津 49 歳時の作品

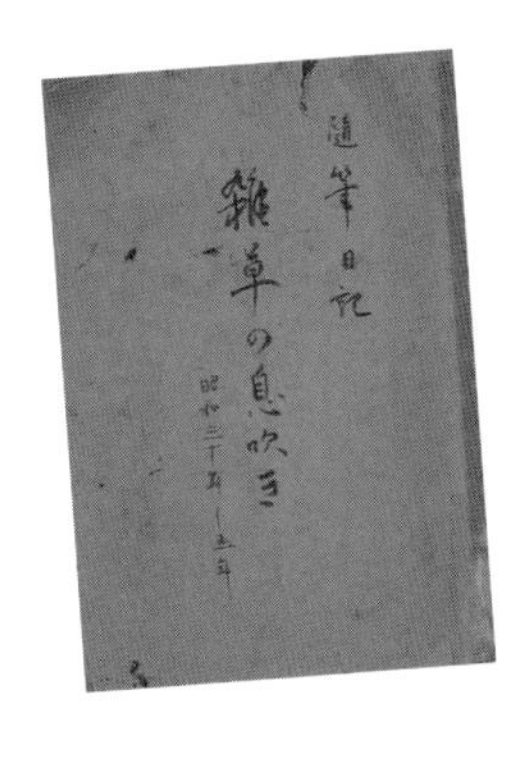

随筆日記 雑草の息吹き
発行 : 私家版 30 部作成
仕様 : B5 変型判針綴じ製本・並製酸性紙
仕様・147 頁
本文は著者によるタイプ打ち、本扉には
「一昭和三十年から五カ年の集録一」とある。
縦 23 文字× 22 行× 2 段組
題簽は著者の毛筆による手書き
刊行 :1966 年 [現在絶版]

を寄せた。当時は女性の社会進出に対してあまり肯定的ではなかったような風潮であったのであろうか。一主婦が暇を、もてあそび趣味で文学をやることに彼は否定的で、「私は芥川賞を採る積りで文学を志している」主婦とは文学に対する心構えが違うのだと言わんばかりの口調だった。

私は明治時代の母をモデルにした女の半生を『銀杏返しの女』というタイトルで同人誌に連載した。私の作品を読んで同人たちから注目を浴びた。文学作品として読み応えがある作品として評価された。また同人の作品を同人誌で評論して欲しいという声が上がり私は引き受けその評判も良かった。私の作品も同時に同人誌に発表を続けた。当時私は自分の作品が活字となり同人誌に掲載される喜びを感じていた。

同人の中では、太宰治を研究された医者の方がその後、世に作品を送り出した。また主宰者も新刊本を出版された。私は『銀杏返しの女』をその後改題して『信濃川』として神田の出版社より処女出版することになった。

同人誌「文学往来」は私にとっては文学への門出でもあった。

『信濃川』刊行と同じころ家庭の諸事情もあり同人誌を退会した。

私にとっては「文学往来」が文学への原点でもある。同人の方々には大変お世話になり感謝申し上げる。

随筆日記 雑草の息吹き

『雑草の息吹き』は、昭和三〇年から五か年間の私の苦渋に満ちた生活体験から生まれた随筆日記である。若さであろうか、目の前に立ちはだかる大きな試練に対して、正義感強く、自分を信じて、子供たちや自己防衛の為にも、真っ正直に力強く生きてきた自負がある。

文学に救いを求めていたのであろう。

夫の耐え難い酒乱生活や家賃不払いの悪徳弁護士一家との我が闘争。それらは家族を巻き込んだ余りにも壮絶で過酷な不条理なものであった。子どもたちはまだ幼く、前面に立って困難と対峙するのは私しかいなかった。弟妹たちや親戚にも頼れず、己との闘いでもあった。どん底の生活から、まともな精神世界へ立ち戻れるのは、唯一文学だった。私は、この膨大な随筆日記を自分でタイプを打ち印刷製本させ三十部程制作した。タイトルは自分で考え魂を込めて墨をすり自筆で書いた。若かりし日の女の戦いの記録である。自分史の中で記録に留めておかなければならない一冊である。その後、大阪の劇作家郷田悳(ごうだとく)氏の目に留まり、昭和四一年にＮＨＫで「今日の佳き日は」というタイトルで放送された。

ＮＨＫで「今日の佳き日は」というタイトルでドラマ化され、昭和四一年に放送された『随筆日記 雑草の息吹き』。故山岡久乃が主演（田中志津役）を演じた。

信濃川

私の記念すべき処女出版が『信濃川』である。知人の作家竹森一男氏に、神田の光風社書店の編集長深川喜信氏を紹介頂いた。

『信濃川』は『銀杏返しの女』というタイトルで同人誌「文学往来」に、昭和四一年三・四・五月の三号にわたり掲載されていたものであるが、編集長よりタイトルは大きい川の方が良いだろうということで、『信濃川』に決定した。確かに日本一長い大きな信濃川である。日本人の誰もがこの川の名前は知っている筈だ。私もこのタイトルに大変満足した。

この小説は、豪雪地帯小千谷を舞台に、母をモデルとして明治時代の女たちの業を信濃川の情景描写・歴史・文化などを採り入れながら書いた。私は主婦の傍ら夫に気兼ねして深夜・早朝に筆を執った。書くことが、異常な日常生活から解放され、自分自身をとり戻せる唯一無二の貴重な時間であった。小説を書くことを反対していた夫だったが、刊行された時、皮肉にも一番喜んでくれた。

私の一番の心残りは、母が昭和四七年一一月二一日、八十一歳で『信濃川』の完成を見ずに他界してしまったことだ。語り上手な母の昔話を是非小説にしようと決意した。刊行を直前にして母は亡くなってしまった。危篤の状況で僅かな意識のある母の枕元に夜、東京から川崎迄駆けつけた。私は母に『信濃川』

田中志津 著

信濃川

発行：光風社書店
仕様：四六判・上製カバー装・256 頁
ISBN：0093-055501-2265
定価：本体 800 円 + 税
刊行：1973 年 [現在絶版]

※田中志津 56 歳時の作品

の原稿用紙や校正されたゲラの束を必死で枕元の母に見せて「もうすぐおばあちゃんの本が出来上がるからね。それまでは絶対生きなくちゃ駄目よ」と涙ながらに母に訴えた。母は意識が遠ざかって行ったようであったが、私の顔をじっと見つめて眼には涙を浮かべていた。母は死を覚悟していた。残された生きる力は感じられずに、生への諦観が表情から窺われた。

晩年の母は孤独で余りにも惨めな生き方であった。子供として悔いが残り、反省し断腸の思いである。我が家の夫の酒乱生活の中ではとても川崎の私の弟夫婦から母を引き取ることも出来ず、せめて二週間の滞在で子供たちとの交流を通じて平凡ながら平和な日常を取り戻すことが精一杯であった。母は近所の芝居小屋へ子供たちを連れて行き、またコマ劇場や明治座などにも出かけ観劇を愉しんだこともある。庭の片隅にとうもろこしを植えてくれ子供たちに食べさせてくれた。川崎から新宿にきて休む間もなく働きだし家の掃除にも精を出してくれた。細い体で良く働く母であった。親の背中を見て過ごしてきた娘時代が思い出される。私の子供たちにもたっぷりの愛情を注ぎ慕われていた。親を川崎へ返す日がとても辛く哀しかった。

人生は何で躓きながら前へ後ろへとさまよい歩き、自分の思いどおりにことは運んでくれないのだろうかと、運命を恨んだこともあった。運命には逆らえず、無力で時間の通り過ぎるのをただ待つしかないのであろうか。母の見舞から帰った深夜、弟から、今母が亡くなったという一本の電話があった。

『信濃川』は私にとって人生の大漁旗のような存在である。人生の荒波に帆を上げ、勇敢にも波しぶきを身体一杯に浴びながらも、前へ進むことを諦めない。私にエールを送ってくれたのであった。この作品を原点に私は文学作品を誕生させてきた自負もある。雨降って地固まるではないが、生ある限り己を生きなければならない。正義はいずれ勝つという信念は忘れてはなるまい。

真摯に生きる美学はあるものだ。

装幀・難波淳郎・挿画東啓三郎という芸術家の手により格調高い本が刊行され感謝している。出版社より数冊の新刊本をいただき大事に胸に抱えて、御茶ノ水駅から都電に揺られて抜弁天の自宅へ帰った時の感動が今でも忘れられない。

帯には直木賞作家和田芳恵先生から一文を頂いた。

淵によどみ、野へあふれ、流れてやまぬ女の河。雪ふかい北越の町と、明治という時代を背景に、作者は一人のつつましい女の半生を、惜しみない感傷の流露のなかで、力を込めて描いた。初心とも古風とも見る人はあろうが、小説とは本来こういうものなのだと、私は思っている。

和田芳恵

和田芳恵先生から、先生のご自宅へ遊びに来るように何度もお電話で誘われていた。だが、当時私はご高名な先生のお宅は敷居が高く足を運ぶことが出来なかった。後日先生から高価な煎餅が出版のお祝いとして贈られてきた。今思えば和田芳恵先生に御目にかかっていれば良かったと後悔している。人生のめぐり合わせのチャンスは、一期一会で最大限生かさなければいけないと反省をした。

『信濃川』は多くのマスコミに書評はじめインタビューを受けて好評だった。日本一の信濃川は、清く美しく我がふるさと小千谷を女人の帯を解いたように蛇行しながらゆっくりと流れている。私にとっては、良きにつけ悪しきにつけ華々しいデビューであった。

遠い海鳴りの町

私は青春の一時期を日本海に浮かぶ孤島佐渡の相川で過ごした。相川在住の八年間は、私の長い人生において、最も輝かしい青春の一時期であった。島の女学校の卒業式では、父親の祝辞を学友たちと聴き、友は涙を流していた。その尊敬する父親も佐渡支庁の首席属の要職に就いたまま、一晩で脳溢血により倒れ亡くなった。父五十四歳であった。病気ひとつし

※田中志津 62 歳時の作品

田中志津 著

遠い海鳴りの町

発行 : 光風社書店
仕様 : 四六判・並製カバー装・240 頁
ISBN : 0093-062101-2265
定価 : 本体 850 円 + 税
刊行 : 1979 年 [現在絶版]

たことがなかったので、百歳まで生きると言っていた父親は無念だったであろう。人生最初で最大の衝撃であった。それは私が二十歳の時であった。

私は三菱鉱業㈱佐渡鉱山に昭和八年女性事務員第一号として勤務した。佐渡鉱山勤務時には、現場事務所で幾多の貴重な体験もした。丁度佐渡鉱山が隆盛から凋落に向かう時期でもあった。全国から優秀な技師たちが集められ、彼らエリート集団や現場の職員たちに囲まれ仕事をした。私にとっても大変活気に満ちた職場であり、充実した環境に身を置き職務に専念できた。淡い恋も佐渡の島町で経験をした。

私は佐渡島で経験したことを、この本にまとめ上げた。それは佐渡鉱山の歴史を調査したり、直接佐渡鉱山に勤務していた現場の様子、並びに人間模様など力を込めて描いた。また佐渡の文化・佐渡鉱山まつり・風俗・歴史などにも言及した。この街で悍ましい戦争の悲劇も経験した（大東亜戦争）。

多くの若者たちが召集されて行った。彼らの悲痛な叫び声が今でも忘れられない。職場でも国防婦人会や女子青年団が結成された。私も千人針をどれだけ結んだであろうか。また女子青年団の団旗の旗手を仰せつかって、中山峠で兵士たちを見送った。戦争は二度と起こしてはならない。戦争を知らない子供たちが多くなり、平和に対する希薄さが見受けられる昨今である。平成二七年には、多くの憲法学者が違憲と主張した安保法案が強行採決された。この国の行く末に憂慮するのは私だけではあるまい。戦争経験者としては、断じて戦争の道に走ってはいけないことを、声を大にして訴えたい。戦争で犠牲になった多くの兵士たちに哀悼の意を送りたい。この書は、私にとって青春時代の凝縮された大切な宝石箱のようなものである。青春のど真ん中で、父の死や戦争に遭遇した。かつて日本一の金の産出量を誇っていた佐渡鉱山や佐渡の文化などにも触れてみた。タイトルの『遠い海鳴りの町』は出版社の編集長深川氏によるものである。当時遠藤周作の『遠い河』などが売れ、「遠い」というタイトルがブームになっていたようだ。

かつて東京の西脇順三郎宅を訪問した際、先生から、『遠い海鳴りの町』を『佐渡金山』とタイトルを変えた方が良い。作品内容が鮮明となりハッキリすると助言を頂いた記憶がある。

帯には

佐渡の海——その落日の輝きの中に埋め去った青春の回想。相川石拓町の家に移り住んで、忘れ得ぬ喜びまた哀しみ、この金山の町の人々とともに送った戦争中の日々を、力を込めて描く長編小説。

佐渡金山の町の人々

昭和五二年『遠い海鳴りの町』を刊行し、その後三八年ぶりに佐渡鉱山の人々と東京で再会を果たした。その人々との交流をこの本にまとめてみた。書簡集・クラス会・女の戦場・石拓町の隣人・想い出の技師たち。三菱金属㈱社長稲井好廣氏が命名して立ち上げて頂いた

※田中志津 73 歳時の作品

田中志津 著

佐渡金山の町の人々

発行：ミズホプリント
仕様：四六判・並製カバー装、120 頁
刊行：1990 年 8 月 [現在絶版]

書簡集
クラス会、女の戦場、石扣町の隣人
想い出の技師たち
海鳴会
東京相川会
あとがき

「海鳴会」のこと、東京相川会などについて執筆したのがこの本である。

そこで見えてきた歴史も再認識させて頂いた。書簡や電話インタビューなどで情報を寄せて頂いた方たちには改めて感謝の意を表したい。ある著名な映画監督は、私に女の戦場などに描かれている戦場や緊迫したソ連兵などの狂暴な振る舞いの描写に迫力を感じたと云い、戦後日本への決死の帰還などにも目を見張ったという。

戦争は決して男たちだけのものではなかった。女・子供にも無差別に戦争は狂った牙を無情に向けてくる。一片の理性さえ喪失させる。殺るか殺られるかの残酷で不条理な世界である。私たちはこうした阿修羅のような地獄絵を経験してきた世代である。歴史的事実として、微力ながらこの冊子が、歴史の生き証人として寄与出来たとするならば幸せと考える。

お陰様でこの冊子は、私の『全集』はじめ『年輪』にも収載された。広く多くの人々に読んで頂き戦争の悲惨さなどを知って頂くことにより、二度と誤った戦争を引き起こしては欲しくないと切に願うものである。

間違った戦争はあったとしても、正しい戦争などは無い。いずれも戦争は断じてあってはならないものである。

日本も戦後七〇年経ち、平和憲法が脅かされてきている時代である。周辺諸国はじめ諸外国の争い（内戦・テロ・宗教・民族問題など）は絶えないが、せめて平和国家日本の存在を誇らしく未来永劫語り繋げて頂きたい。それが日本国民の使命と義務でもあると考える。

冬吠え

元々意に沿わぬ結婚であった。時代の軋轢の中で離婚も出来ず、四〇年にも及ぶ膨大な歳月をひたすら夫に仕えた女の激しい生き態を本書は描いた。酒乱生活は二〇年の歳月を家族

※田中志津 74 歳時の作品

冬吠え

発行：光風社出版
仕様：四六判・上製カバー装・272 頁
ISBN：87519-910-4
定価：本体 1359 円＋税
刊行：1991 年 1 月 [現在絶版]

第一章 帰郷
第二章 燻り火
第三章 冬吠え

に強いられた。不条理の結婚生活を耐えられたのは、ただただ子供の為でしかなかった。終戦七年目で、夫は大企業を退職して事業を始める。だが杜撰な経営で失敗を繰り返していた。夫は酒に逃げ場を求め滅びの世界へと邁進して行く。犠牲になるのは前面に立つ家族であった。家賃収入も悪徳弁護士の家賃未払いで、思わしく得られず、やむなく内職やアルバイト・謄写版印刷・タイプなどで、生計を維持するのが、やっとであった。当時小学校の娘の通知書の健康欄には、栄養失調の文字が躍っていた。食生活も厳しい現状であった。

長年の夫の酒癖の悪さに耐えかねて、小説を書くことにより、自分の世界を負から正へと構築して行った側面もある。書くことが、ある面現実からの逃避であったのであろうか？否、むしろ現実の苦悩への挑戦でもあり、精神世界の解放でもあったのだ。

『信濃川』『遠い海鳴りの町』に次ぐ第三作目である。前作から一四年の歳月が経つ。わが人生を「奈津子」を通じて赤裸々に語りつくすことにより、客観的現実の修羅場が透視され鮮明に見えてくる。

新潟日報はじめ、幾つかのメディアで紹介された。週刊現代では、冨岡幸一郎により書評が掲載された。

帯には、

真摯に生きた女性の半生を描く。

雪深い故郷・小千谷に、青春の仄かな想いの全てを残して、戦時下の東京に嫁いだ奈津子の苦悩の日々は……

佐渡金山を彩った人々

佐渡金山開坑以来の歴史の光と影を追いながら、思春期から青春期にかけて、私が見つめてきた昭和初期の金山の町の人々の哀歓を書き上げた。

本書は昭和五二年光風社書店より『遠い海鳴りの町』をベースに、修正・削減及び原稿用紙百枚程を加筆し再構成した。佐渡金山四〇〇年記念として、装いも新たに刊行したものである。

佐渡相川には、昭和七年から一五年までの八年間を過ごした。私の長い人生の回廊の中で、この八年間は何と充実した密度の濃い青春時代だったかと位置づけることが出来る。

佐渡を舞台にまた佐渡金山を彩った人々を描くことにより、佐渡島の、鉱山の歴史が浮かび上がってくる。父親の佐渡島栄転のおかげで、日本海に浮かぶ孤島とご縁を持たせて頂いた。まさに運命の絆に感謝している。

本書刊行後、「佐渡金山顕彰碑」建立の話が私に持ち込まれた。三菱マテリアル㈱及び㈱ゴールデン佐渡のご協力により、平成一七年四月一五日佐渡金山第三駐車場に碑が建立された。大変名誉なことであり感謝申し上げる。

この碑には、この小説の最後の一文を自筆で刻ませて頂いた。

今年二一世紀を迎えた佐渡金山は、開坑以来四〇〇年を迎えた。いまは廃山になってし

※田中志津 84 歳時の作品

田中志津 著

佐渡金山を彩った人々

発行：新日本教育図書
仕様：四六判・上製カバー装・326 頁
ISBN：4-88024-253-5
定価：本体 1800 円＋税
刊行：2001 年 7 月［現在絶版］

第一章 船出 ほか
第二章 無宿者と遊女たち ほか
第三章 佐渡金山入社 ほか
第四章 父の死 ほか
第五章 夫婦の軌道
第六章 佐渡金山大縮小の譜 ほか
第七章 現場技師との出会い
第八章 日中戦争 ほか
第九章 三十八年ぶりのクラス会 ほか
あとがき

まった金山だが、かつて、この金山に勤めた人々のあの活気に満ちた青春の情念が、そして金山を愛した町の人々の熱い想いが、かつての華やかな佐渡金山の鉱脈の層にその名残をとどめ、息づいて欲しいと切に願うのである。

田中志津

また、私の略歴の後には亡き娘保子（佐知）が、FM放送でこの本を全編朗読したことも刻まれた。

せめてもの娘へのはなむけでもある。

私の佐渡金山に寄せる想いは、世界文化遺産の登録である。先人たちの世界文化遺産に寄せた熱い想いを是非実現させてあげたい。

もう少しで手の届く所まで来ている。

帯には、

佐渡金山400年記念出版

四季の海の輝きのなかで佐渡金山の町の人々とともに過ごした青春の日々の回想。

忘れ得ぬ喜びと哀しみは、いまも金山の鉱脈の層に息づいているにちがいない。

女の半生を力をこめて描く自伝的長編小説。

田中志津全作品集上巻・中巻・下巻

九十六歳にして私の『全集』上巻・中巻・下巻が刊行されることは、大変名誉なことであり誇りに思っている。長年文学に取り組んできて良かったと痛感する。我が人生の総括にふさわしい全集となった。

武蔵野書院院主・前田智彦氏のご理解ご協力が無ければ実現しなかったであろう。大変感謝している。また全集の栞には、直木賞作家志茂田景樹氏・世界遺産総合研究所所長古田陽久氏・新潟大学教授橋本博文氏にそれぞれ寄稿して頂いている。各氏の立場からそれぞれ含蓄のある心のこもった文章を寄せられ感謝致している。素晴らしい人たちにめぐり会えたことを、改めて御礼を申し上げたい。

私の初期の本（作品）は、すでに絶版になって久しいが、この全作品集には、『雑草の息吹き』にはじまり、処女出版した『信濃川』、次いで『遠い海鳴りの町』『冬吠え』『佐渡金山を彩った人々』『佐渡金山の町の人々』等々の小説・随筆・短歌など、半世紀にわたった作品群が網羅されている。

読者からは、これらの初期の作品を読みたいというリクエストを多くいただいていたが、この全集が完成したおかげで、それらのご要望にもお応えすることができ、嬉しく思っている。また新聞掲載記事・書評・写真・年譜なども収載して、私の全体像を浮き彫りにした全集に仕上がった。年譜は次男行明（佑季明）が編纂してくれた。

写真については、私が小学校四年生の時、新潟市内の家の前で撮った着物姿の幼い写真や相川では両親と家族で正装した記念写真・女学校時代のクラスメートと一緒に撮った卒業写真・「佐渡鉱山国防婦人会」結成のたすきをかけた写真・鉱山事務所前の花壇でチューリップに手を添える若かりし頃の乙女の写真・目黒雅叙園で、夫との複雑な心境での結婚写真・家族で七五三を祝う母親らしい表情を浮かべている目黒の写真館で撮影したもの・新宿の想い出の詰まった自宅玄関前・娘保子の出版祝を家族で祝った思い出の東条会館・パリ・モンマルトルでのスナップ・私の小説『佐渡金山を彩った人々』『冬吠え』の二冊を娘保子（佐知）がＦＭ放送で二年間全編朗読を終了した時に、川越の高級料亭「山屋」で祝賀宴の一枚・

娘の没後、韓国で『砂の記憶』『見つめることは愛』の娘の詩集を翻訳本が完成した時に訪韓。その時に息子たちとホテルで撮影した写真等々を時系列的に眺めていると、時代の節目・節目を生きてきた自分史の厚みと重みを感じる。

この全集は、朝日新聞はじめ多くのメディアで取り上げて頂き、反響も大きかった。

我が人生を振り返り、全集まで刊行出来たこと、また文学碑も建立して頂いた。苦労の絶えない多難な人生ではあったが、六十代からの生き様は幸多き人生と言っても良いだろう。娘の死は至極残念であった。だが娘の作品は没後今日まで連綿と刊行されて生き続けてくれている。娘に感謝の意を表したい。

※田中志津96歳時の作品

平成二七年には森山至貴氏（東大大学院勤務）により娘の詩「鼓動」・「愛」の二曲が作曲されＣＤも制作された。

上巻

『田中志津全作品集』刊行に寄せて

小説『信濃川』

第一章 川波

第二章 流れる

第三章 淵

第四章 氾濫

第五章 岸辺へ

あとがき

『信濃川』—書評

小説『遠い海鳴りの町』

第一章 旅立ち／石扣町の家

第二章 充たされた日々

第三章 島の学校

第四章 佐渡金山の無宿者たち／佐渡金銀山の発見／町名の由来／言葉と方言／大久保石見守長安／切支丹と鉱山の関係／明治維新後の佐渡鉱山／相川の暴動／御料局民間へ払下げ

第五章 佐渡鉱山入社

第六章 海色／氏子祭り／鉱山まつり／おんでいこ

第七章 父の死

第八章 早春の譜

第九章 町の往き交い

第十章 日支事変

第十一章 ある惜別

あとがき

『遠い海鳴りの町』—書評

随筆 昭和編

中巻

小説『冬吠え』

第一章 帰郷

第二章 燻り火

第三章 冬吠え

田中志津全作品集 上巻
A5 判上製函入・320 頁
定価：本体 5000 円 + 税
ISBN 978-4-8386-0442-5

田中志津全作品集 中巻
A5 判上製函入・348 頁
定価：本体 5000 円 + 税
ISBN 978-4-8386-0443-2

田中志津全作品集 下巻
A5 判上製函入・352 頁
定価：本体 5000 円 + 税
ISBN 978-4-8386-0444-9

あとがき
『冬吠え』―書評
小説『佐渡金山を彩った人々』
第一章 船出／石扣町の家／陽光と影／島の女学校
第二章 無宿者と遊女たち／佐渡金銀山の発見と徳川家
康／家康と大久保石見守長安／切支丹と金山の
関係／明治維新後の佐渡金山／御料局民間へ払
下げ／言葉と方言
第三章 佐渡金山入社／海色／鉱山まつり／「相川音頭」
と「若浪会」／氏子まつり／おんでいこ／春駒
第四章 父の死／駆け急ぐ群像
第五章 夫婦の軌道
第六章 佐渡金山大縮小の譜／早春のかげろい
第七章 現場技師との出会い
第八章 日中戦争／女の戦場／疎開先で迎えた終戦／撃
沈された大洋丸
第九章 三十八年ぶりのクラス会／想い出の技師たち／
海鳴会
あとがき
『佐渡金山を彩った人々』―書評

下 巻

随筆日記『雑草の息吹き』
随筆『佐渡金山の町の人々』書簡集／クラス会、女の
戦場、石扣町の隣人／想出の技師たち／海鳴会／東京
相川会／あとがき
随筆 平成編
短歌／書簡 挨拶文／掲載記事／写真
年譜
流転の人生の暁に―作家 田中志津……田中行明

混声合唱団により、津田塾大ホールなどで作曲家と次男と共に鑑賞できたことは、娘が蘇って生きて来たかのようにとても嬉しいことだ。

帯には、

波乱万丈。96歳女流作家の人生のすべてがここにある。

最愛の父と死別の後、結婚を機に平穏な生活が一転し波瀾万丈の人生が始まった。逆境の中で、彼女が自己を強固なものへと構築して行くためのツールが文学であった。雪深い小千谷という風土で育まれた不屈の精神で原稿用紙の桝目を埋めた「作家魂」がＮＨＫで放送された『雑草の息吹き』をはじめ、『信濃川』『冬吠え』などの作品へと昇華、結実してゆく。戦禍を乗り越え、愛娘との愛別、福島で三・一一の罹災を経て、今もなおひたむきに生きる、九十六歳の女流作家・田中志津の人生そのものをまとめ上げたのが『田中志津全作品集』である。

※『田中志津全作品集』上巻・中巻・下巻は、新潟県視覚障害者情報センターに於いて点字翻訳されている。

ある家族の航跡

この本は、次男行明編による家族の作品群である。企画は次男が立案して出版にこぎつけた。家族のそれぞれが作品を寄せた、家族総がかりの貴重な本である。次男は、随筆・シナリオ・小説・写真を、娘は詩・随筆・

※田中志津 96 歳時の作品

小説・詩・随筆・短歌・シナリオから写真にいたるまで、とある芸術一家が世に問うてきた多彩な作品のエッセンスを、この一冊に凝縮した。

田中行明 編

ある家族の航跡

発行 : 武蔵野書院
仕様 : A5 判・上製カバー装・336 頁
ISBN 978-4-8386-0449-4
定価 : 本体 3500 円 + 税
刊行 : 2013 年 7 月

短編小説。また、長男は海外出張をした時の旅行記を執筆した。一方、夫は短歌とも散文とも言えぬ、私に対する一文を寄せている。私は、随筆・短歌を収めた。この本のリーフレットには、「小説・詩・随筆・短歌・シナリオから写真にいたるまで、とある芸術一家が世に問うてきた多彩な作品のエッセンスをこの一冊に凝縮した。」と書かれている。また、家族の絆を縦糸に、個性溢れる才能を横糸に紡がれた、とある芸術一家が織りなす多彩な織物が、本書『ある家族の航跡』であると結ぶ。次男の刊行に寄せての一文には「家族一人一人の点を線で結び、その延長線上に円を終結させる。円は時空をゆっくりと遊泳して一つの世界を創造する。それぞれの個性が引き出された時に、円は楕円となりまたいびつにも凹凸にもなり、その姿を変容させるが、それはプロセスであって最後は家族の絆で修復される」と語っている。

私の随筆には、夫の死からはじまり、佐渡金山の町・草野心平先生・彫刻家佐藤忠良先生・郷土の偉人英米文学者西脇順三郎先生、音楽家では世界的な指揮者いわき市出身の小林研一郎・チェロの堤剛各氏。娘の思い出を訪ねて旅した沖縄の竹富島、千年に一度のＭ９・東日本大震災を経験し東京へ避難したこと、世界遺産フォーラムへのメッセージ等々思い出の数々を随筆としてまとめた。短歌は昭和初期の作品から故郷小千谷に思いを寄せ、旅先での走り書き、佐渡金山の文学碑や東日本大震災の忘れがたき災害の悪夢を詠んだ。また平成二四年東京での避難生活の中で生まれた短歌・念願の『全集』出版祝の慶びの歌・平成二五年の心境などを歌に詠んだ。

この本は、新潟日報読書欄「にいがたの一冊」で志茂田景樹氏により紹介された。他のマスコミにも取り上げて頂き感謝している。

帯には、

酒癖の悪さで家族に忍苦を強いて逝った父。それゆえ残された家族には熱い絆が生まれた。自分の半生を小説に紡ぐ母志津。愛娘佐知は豊かな感性と認識の深さで透徹した詩の世界を築きながら、まだありあまる才とともに若くして他界した。佐知の残像を折々に思い浮かべながら、母を感謝の念で見守る兄昭生と弟行明。この書から立ち上がる真摯でしなやかな家族像に、読者は家族のありように理解を深めるに違いない。

志茂田景樹（直木賞作家）

邂逅の回廊―田中志津・行明 交響録

この著書は次男行明との最初の共著本である。平成二五年『ある家族の航跡』田中行明編

※田中志津
97歳時の作品

田中行明 編

邂逅の回廊―
田中志津・行明 交響録

発行：武蔵野書院
仕様：A5判・上製カバー装・280頁
ISBN：978-4-8386-0451-7
定価：本体2500円＋税
刊行：2014年1月

第1楽章 随筆―田中行明 手紙／夢は夜ひらく／喫茶店／富士山 など
第2楽章 短編小説―田中行明 地平線の彼方に明日は見えるか
第3楽章 田中志津短歌作品集（2013年創作）―田中志津 佐渡／佐渡相川実科女学校（昭和7年から8年）／佐渡おけさ祭り（昭和初期 佐渡相川）など／小千谷／中野にて／白鷺／阿佐ヶ谷／秩父／回想／妹死す／出版祝
第4楽章 随筆―田中志津 最近想うこと／原発事故を逃れて東京へ（自然の美しさ 望郷 どんぐり山 指揮者 来らっせ しらさぎ）／ふるさと紀行（小千谷 へぎそば 角突き 錦鯉 など）／思い出の海外旅行記（香港・マカオ 台湾 韓国 フィリピン タイ シンガポール ハワイ イタリア フランス スイス 新宿回想 など）

に於いて、既に家族との共著は試みてはいるが、次男と二人だけの共著は今回が初めてである。息子との共著には感慨深いものがある。

この本は全四楽章からなり、第一楽章は次男の随筆。第二楽章は次男の短編小説である。私は第三楽章で、平成二五年に制作した短歌を詠んだ。熱き思い出のある佐渡時代のこと、佐渡の女学校・佐渡鉱山勤務時代の様子・佐渡おけさ祭り・ふるさと小千谷・そして原発事故により東京への避難生活を余儀なくされ、中野区白鷺周辺のことや、妹の死についても、短歌に詠んでみた。

三十一文字で短歌を詠むことは、小説や随筆を執筆するのと違い、私にとっては比較的容易な作業である。娘時代から短歌を詠んでいたせいであろうか？　作品の出来不出来は別として、短歌に親しめる時間を持てることを幸せに思っている。

私は元来、不器用な生き方しかできず、何事にも直面する諸問題に逃げることなく真摯に一生懸命に向き合って生きてきた。

第四楽章では随筆を執筆した。

原発事故を逃れ、東京での生活体験を残しておきたかった。今年平成二七年九月で避難生活も四年半となる。歳月の無情な速さに驚かされるばかりである。

また旅行記として、私の原点である「ふるさと小千谷」のことや想い出の海外旅行記も記述した。旅は日常を離れ、異空間を旅する魅力的なものだ。異国の文化・歴史・風俗などに触れることが出来る。どれだけ旅から勇気と活力・新発見を得られたことであろうか。混沌とした日常から新鮮な空気が注がれ心も体もリフレッシュできる。「旅の魔力」であろうか細胞さえ生まれ変わるような気がする。

海外旅行は全て家族と同行したものだ。ここに時系列的に海外旅行記を纏めて書き残した。刊行後、改めて本文を読み返すと、当時の懐かしい思い出が鮮明に蘇る。写真にはない活字文化の味わいでもある。

香港・マカオを皮切りに東南アジア、ハワイそしてヨーロッパ諸国を家族で訪ねた。誰にも気を使わぬ親子水入らずの至福の旅であった。当時は娘も健在で、明るい笑顔が旅の途中で良く見受けられた。飛行機内で列車内・船上・ホテル・レストラン・異国の街角・美術館・観光地などでの娘の爽やかな笑顔が忘れられない。

旅の途中で娘が詩作に励む仕事の顔も垣間見た。それらの思い出の数々は私の貴重な財産でもある。だが、今は娘の笑顔も思い出の中にしか生きていない。それで満足するしかない。時々夢の中で娘の顔が私の前に立ち現れることがある。いつも瞳を閉じた静かな表情だ。娘は何故か黙して語らぬ。海外旅行の企画は全て行明が立案した。彼にはいつも感謝している。『邂逅の回廊』は親子の交響曲である。どんな交響曲が演奏されたかは、聴衆の耳と目に委ねるしかないが、美しいハーモニーとして心地よく響いてくれることを願うばかりである。

装幀の写真は、東京神田の学士会館二〇二号室前室である。私と息子が読書している所を前田智彦氏が撮影された。この会館は、平成一六年に私の名誉博士号を授与された思い出の場所でもある。

この本の巻末には、娘との写真・小千谷の文学碑・全集刊行時並びに『ある家族の航跡』の出版記念パーティーの写真も掲載されている。直木賞作家志茂田景樹氏はじめ新潟大学教授橋本博文氏・出版関係者ほか医者や知人たちの懐かしい姿が見られる。

帯を紹介しよう

97歳の女流作家田中志津と、次男行明が織りなす随筆・短歌・小説をまとめ上げた一冊。それは人生という名の回廊で得たさまざまな邂逅の述懐でもある。親子であるがゆえなのか、本書を構成する四つの楽章は心地よく共鳴しあう。リズミカルな優品として昇華された交響の宴が、ここに完成した。

志津回顧録―短歌と随筆で綴る齢97の光彩

この著書は、昭和一六年から平成二六年までの時代を断片的に切り取った作品でございます。

短歌と随筆集という組み合わせにも興味を示しました。文学的技法は異なりますが、同一作家による視点で捉えた作品でございます。

戦争体験・小千谷への疎開生活・結婚後の波乱万丈な生活・夫の死後の穏やかな生活。最愛の娘・保子（佐知）の早すぎる死への悲哀と回想。佐渡金山・小千谷・いわき市の私の文学碑建立への感謝。四三年間娘や子供たちと暮らした新宿時代の思い出の数々。小樽の旅行記やあの忌まわしい東日本大震災Ｍ９のこと、東京への避難生活の日常などを描写致しました。

田中志津 著

志津回顧録

—短歌と随筆で綴る齢97の光彩

発行：武蔵野書院
仕様：四六判・上製カバー装・200頁
ISBN：978-4-8386-0453-1
定価：本体2000円＋税
刊行：2014年7月

※田中志津97歳時の作品

第１章　短歌（平成２６年創作）（結婚直後—昭和１６年１２月から；小千谷へ疎開—昭和１９年から（大東亜戦争）新宿時代—昭和２６年から 生き物たち 風に吹かれて（江の島）　ほか）
第２章　随筆（平成２６年創作）（佐渡金山顕彰碑；小樽；救急車；車椅子；ソチ五輪　ほか）

文学を通じて、社会現象や私の人生まで語られる喜びに感謝申し上げます。また、長年文学に係ってきたことにも感謝致しております。

『志津回顧録』の装幀には東京大学安田講堂前の銀杏並木の彩どりが、とても美しく魅せられました。また裏面カバー写真にはいわき市の大國魂神社の私の「歌碑」と娘保子（佐知）の代表作『砂の記憶』の詩碑があります。親子揃っての二つの文学碑が神社の杜にひっそりと建立されています。

帯をご紹介致します。

更なる文学への飛翔

波乱万丈な人生、ペンの力で逆境をはねのけ、幾多の作品を世に送った。それらの作品を元に96歳で自らの全作品集を手がけるなど、常に全力で走ってきた田中志津。その作家魂は休むことを知らない。そんな折、一〇〇〇年に一度の大震災を機に、東京での避難生活が始まった。作家人生97年間の振り返りや、避難生活で得た小さな気づきを、短歌や随筆というカタチを借りて綴る光彩が、本書である

と結んでいます。

歌集 雲の彼方に

この本は、私の全歌業を厳選収載したものである。九十八歳にして、名門「角川学芸出版」より刊行出来たことは、私の人生に於いて快挙と言っても良いであろう。

昭和初期から、戦前・戦中・戦後・高度経済成長期を経て平成の二七年まで、私の人生の航跡である。

決して平穏な時代や順風満帆な私の人生ではなかった。昭和史のまた平成の時代を生きてきた一人の女の「自分詩歌」でもある。

それは故郷小千谷への回想・青春の女学校時代・佐渡での忘れがたき思い出の数々・悍ましき戦争の傷跡・結婚後の波乱万丈の辛苦な生活。文学への熱き想い・新宿・所沢・いわきの回想。千年に一度の東日本大震災Ｍ９の体験、そして予想もしなかった東京への五年にも及ぶ自主避難生活。だが、避難生活の中でも全集・回顧録・短歌集・随筆集などを刊行したことや、文学碑建立（いわき市大國魂神社・私の歌碑・娘の詩碑）の快挙もあった。まさに人生の喜怒哀楽の絵巻物を見る思いを痛感した。

最愛の娘保子（佐知）を五十九歳十か月で亡くし、また私の弟妹が亡くなり悲しみの淵をさまよっている。夫を亡くし平穏な生活は二〇数年ぶりに戻ったが、一抹の感慨と郷愁が今でも残る。

だが、九十八歳を生かされてこうして自分史的な歌をまとめ上げることができた喜びに感謝している。

平成二七年夏、池袋の東京芸術劇場で書道展が開催された。そこで私の短歌が全紙で伊井進氏の書により出品された。

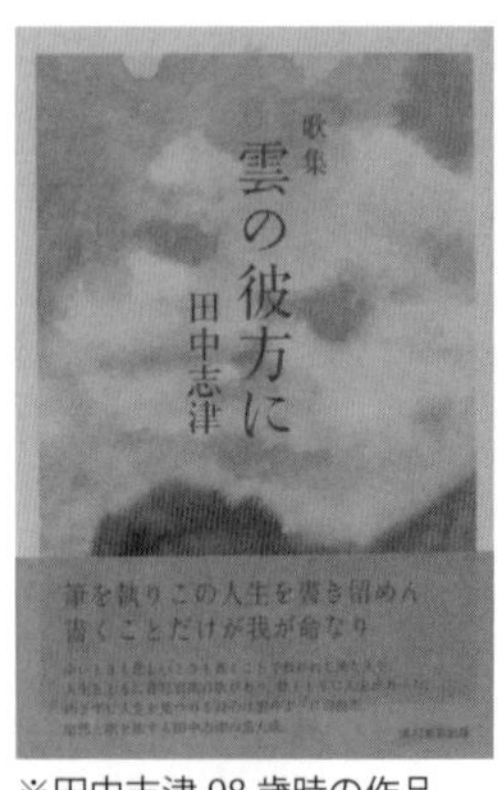

※田中志津 98 歳時の作品

《本書「序章」より》

私は結婚後、日常生活の中から、また旅の途中などで筆を執り、短歌を詠むことが多かった。

若い頃の短歌は、どこへ行ってしまったか、残念ながら見当たらない。それでも部屋を整理していると、昔の短歌が何首か見つかった。

そんな作品を目にすると、昔日の想いが蘇り、懐かしい思いにかられる。

誰に習ったわけでもないが、自分なりに詠んだ歌である。自分でも満足のゆく作品ではないが、その時々の心情を歌にして詠んだものである。

その作品の一部を勇気を持って発表したい。

田中志津 著

歌集 雲の彼方に

発行：角川学芸出版
仕様：四六判・上製カバー装・160頁
ISBN：978-4-04-652941-1
定価：本体2000円＋税
刊行：2015年3月

序章

第一章
新潟女子工芸学校
佐渡相川実科女学校
佐渡
佐渡金山
佐渡おけさ祭り
旅先にて
劇作家郷田悳
「MIRAGE」出版
小千谷回想
故・長女田中佐知のこと
除幕式
東日本大震災
河北リハビリテーション病院入院
東京
『田中志津全作品集』出版
中野
白鷺
阿佐ヶ谷
秩父
妹死す

第二章
結婚直後
小千谷へ疎開
新宿時代
生き物たち
風に吹かれて
酒に乱れて
学ぶ
夫婦二人旅
内職
下宿人
アパート経営
新宿慕情
所沢
いわき
放射能
東京へ
除幕式 大國魂神社
雑感
補遺

あとがき

筆を執りこの人生を書き留めん書くことだけが我が命なり

力強く勢いのある書である。私の短歌が書道家の眼に止まり書道展に飾られる喜びを次男と共に感謝している。

また、東京での書道展に引き続き、大阪市立美術館に於いても同書が展示され大阪市民の目にも触れることができ、大変嬉しく思っている。

伊井進氏のご好意により、同短歌が色紙に書かれご恵贈頂いた。大変有難く感謝申し上げる。

『雲の彼方に』の帯の一文を紹介しよう。

辛いときも悲しいときも書くことで救われてきた人生。

人生とともに喜怒哀楽の歌があり、歌とともに人生があった。

巧まずに人生を見つめる詩心は雲のように自由だ。

悠然と歌を旅する田中志津の集大成。

随筆集 年輪

九十八歳の私の年齢にふさわしいのではないかと、次男の行明が『年輪』というタイトルを名付けた。私もとても気に入っている。

また、装幀は武蔵野書院の院主前田智彦氏が、屋久島杉の大樹の年輪の写真をカバーに採用して頂き、格調の高い本が完成した。感謝申し上げる。随筆集『年輪』は今迄刊行された本の中から随筆部分を抽出し、また新たな随筆二編を加え刊行したものである。

私の人生を織りなしてきた約一世紀にわたる歩みを六十有余の随筆としてまとめ上げたものである。それは私の人生のパズルを一枚一枚再構築し、積み重ね、また組み立てて、一本の味わい深い年輪の樹木が完成したものと言ってよかろう。樹木は長い風雪に耐え、時に苦い樹液を流しながら、必死に大地にへばりつき生きてきた。

自分の紆余曲折の人生を振り返り、あらためてよくぞこの人生の荒波を乗り越えて生きて来たものだと感心する。私にとっては、やはり後世に残しておきたかった大冊でもある。ある面、自己の歴史的検証でもある。

田中志津 著

随筆集 年輪

発行：武蔵野書院
仕様：A5 判・上製カバー装・336 頁
ISBN：978-4-8386-0459-3
定価：本体 2500 円＋税
刊行：2015 年 7 月

※田中志津 98 歳時の作品

老いるということ／新潟時代の一コマ／行形亭と刑務所／白山浦時代／私立女子工芸学校／関屋田町の家／郷土の若人に小千谷町の成人式に寄せて 水々しい感覚／まつり・ずいひつ 小千谷の祭り・続小千谷の祭り／『遠い海鳴りの町』の周辺／言魂／冬吠え／故郷／新宿時代の日記より／パリ・三人旅／ある彫刻家の素顔と私／青春の佐渡金山の町／なごやかに懇親会開催―三十九氏の長寿をことほぐ／文学への目覚め／雪国の正月／回想 磯部欣三先生／追悼／豪華客船／娘の思い出を訪ねて 上 私の中で微笑み 生きる 共有した時間へ尽きぬ思い／娘の思い出を訪ねて 下 紺碧の海に浮かぶ竹富島 面影と心重ね合う至福の旅／二つの世界遺産／好天の冨士霊園で「文學者之墓」墓前祭埋葬者は 520 人に／第四回世界遺産フォーラム（平成 21 年）佐渡金山世界文化遺産登録に託して／西脇順三郎先生／いわき慕情／所沢／チェロリスト 堤剛／指揮者 小林研一郎／追記／マグニチュード M9 から避難地へ 東日本大震災／私の中の昭和 平和よ永遠であれ／中野／謝辞／娘への挽歌／都立家政商店街阿波踊り／生まれ故郷小千谷を訪ねて／最近思うこと／原発事故を逃れて東京へ／ふるさと紀行／母校を訪ねて 校長先生への書簡／新潟女子工芸学校時代／想い出の海外旅行記／新宿回想／佐渡金山顕彰碑／小樽／救急車／車椅子／ソチ五輪／物忘れ／歩けることのありがたさ／ドライブ／郷土の作家／我が心の愛娘・保子／再会／手作りコンサート／「歌碑」と「詩碑」／佐渡金山の町の人々／今、98 歳を生かされて思うこと／遺された人生をどう生きるか九十八歳の人生を全て書き続けることは、物理的にもとても無理なことであり、断片的な記録・記述に留めるしかない。だが、そこには時代の匂いや目に見えない空気・風・生々しさが蘇り、生きている事の息づきさえ伝わってくる。

生きるということは、人それぞれの人生絵巻がある。モノクロームや時には煌びやかなカラーの濃淡が入り乱れて、人生模様を彩どるものだ。大正生まれの私でも、今この二一世紀の時代を生きている事実は揺るぎ無い。私の視点で今を読み解く作業も面白いかも知れぬ。作家魂の灯は消したくはない。だが、私は余りにも年齢を重ね過ぎた。私は若い頃より、がむしゃらに一途に働き続けてきた。ここにきて精神的・肉体的疲労がボディーブローのように効いてきた。体力的にきつくなってきたことも事実であり、少し寂しさを感じる昨今である。しかし、家族や周囲の暖かい愛情に支えられての生活に大変感謝し、幸せを噛みしめている。

帯を紹介しよう。

九十八歳の田中志津は文学という豊饒な大地にその根を張る。

陽光を浴び、天からの恵みの雨に潤い、時には荒ぶる吹雪に耐えながら、年齢を重ねて大樹をなす。言葉を散りばめた数多の魂が宿るその枝葉は、冬には一旦落葉するが、春の訪れとともに、その魂を養分とした生命の息吹きが新芽として蘇る。ここに田中志津の人生を刻む一冊が結実した。

自作解説

『歩きだす言の葉たち』

百歳出版記念　百歳の母志津とその息子佑季明。二人の作家が、時代を超えて織り成す随筆・詩・小説・短歌。限りなく燃え滾る文学への情念。衰えぬ静かな魂の叫び。現代に問う『歩きだす言の葉たち』帯文より。

平成二九年一月二〇日、私は百歳を迎えた。自分がこの年まで生きるとは、実は想像もしていなかった。だが、こうして生きているからには、生きている証を残したいという気持ちもある。幸い、息子の佑季明が、本を刊行するというので、私との共著を提案すると、快諾してくれた。息子は、この本で、ある月刊誌に随筆を半年連載していた作品を収載している。また、東京の「植村冒険館」で取材した時の作品や東日本大震災の詩集及び小説を執筆している。

私は、随筆を七本ほど書いてみた。「娘・田中佐知の詩集に寄せて」。娘が亡くなり、一三年もの歳月が、いつの間にか通り過ぎて行ってしまったが、娘に寄せる思いは未だに強いものがある。「今」を娘が生きていてくれればどんなに幸せだろうか。同じ時空に生き、喜怒哀楽を共に過ごせれば、また違った人生が送れていたかもしれない。現実の世界には、左程不満はない。子供たちもよく面倒を見てくれている。有難いといつも感謝している。だが、娘が生きていれば、もっと充実した生活があったであろう。ない物ねだりは良くないが、ついつい愚痴が出てしまうことがある。

リオのオリンピックについても、頑張って書いてみた。テーマが大きく、書くことの大変さが分かり、こちらもオリンピックの競技に参加しているような錯覚に陥る時があった。息子にもデーター調査や、記録の確認などを協力してもらった。

百歳を迎え、内閣総理大臣、都知事・中野区長から祝状を頂いた。そんな様子なども随筆に纏めた。

また、校長岡村秀一先生からのご依頼で、「小千谷市立小千谷小学校開校一五〇年記念誌」に特別寄稿として巻頭に執筆した。この寄稿文も掲載した。私にとって小千谷は、生まれ故郷でもあり、心のふるさとである。まさにルーツである。小千谷に寄せる思いは、この年になっても、大変深いものがある。小千谷の船岡公園には、私の「生誕の碑」が建立されている。とても名誉なことであり、誇りに思っている。小千谷市立小千谷図書館にも「田中志津文庫」を開設して頂いた。私のすべての著書を市民の皆様に閲覧して頂けることは、作家としてとても嬉しいことだ。

また、この本には二十数枚の想いで深い写真が掲載されている。女学校の時の写真から家族旅行、記念式典、そして九十九歳の誕生記念写真まで、私の人生の断片を切り取った写真集である。それぞれの写真には、懐かしい思い出の歴史が刻み込まれている。息子との共著が発刊された慶びを大変嬉しく思っている。

『愛と鼓動』

百歳出版記念第二弾として、平成二九年一一月一〇日愛育出版より次男佑季明と共著で『愛と鼓動』を刊行した。今年『歩きだす言の葉たち』愛育出版刊に次ぐ、二冊目の著書である。

百歳にして、今年二冊刊行するとは、正直思ってもいなかった。刊行に当たっては、次男の強い薦めがあった。次男が「書けるうちに書いておいた方がいいよ」という一言に、その気にさせられ心が動いた。

私の短歌と随筆、そして次男の随筆と小説からなる小著だ。写真は相川の女学校時代から折々の節目の現代まで掲載している。息子の随筆も多岐にわたり語られている。平成二九年日本文藝家協会の「文藝家協会ニュース」一二月号が送られてきた。会員情報に私の記事が掲載されていた。平成二九年に百寿を迎えられた会員として紹介されていた。協会の方より「各分野での長年にわたる文芸への貢献に敬意を表し、ご壮健をこころよりお祝い申し上げます」との言葉があった。私を含めて三人の作家の簡単な略歴紹介があった。一人はフランス映画字幕翻訳の第一人者で、フランス政府から芸術勲章・芸術文化勲章を受章されている。もう一方(ひとかた)は、俳人で著名な賞を受賞されている。女性は私ひとりであった。改めて、こうして紹介されると、本を刊行しておいてよかったと思う。また、百歳の会員の方たちは、百歳で本を刊行している。私だけでなく皆さん頑張っておられるのだわと連帯感のようなものを感じた。

この本では、短歌を七十首ほど詠んだ。

日常の心模様や、庭の風景、入院した時の闘病短歌も収載している。また随筆は、避難先の東京から、六年ぶりに戻ったいわきのことを綴った。生活の大半は、一階の和室の部屋で過ごしている。二階には足が不自由のために、何年も上がっていない。外部との接触は、訪問看護などはあるものの、あまり多くはない。よって、部屋から四季折々の庭の風景を眺めるのが楽しみである。野鳥が餌を食べに飛来してくる。家の前の高いコンクリートの電柱の先端には、トンビが止まり、ピーィヒョロロときれいな鳴き声を聞かせてくれる。早朝には、カラスが、カァーカァーと泣きわめいている。その声で眠りから目を覚まされる。また、日中には雀とヒヨドリの餌の攻防・争奪戦が面白い。ヒヨドリは、雀を蹴散らし餌を独占する。ヒヨドリのつがいであろうか、二羽で飛んでくることがある。ここでも力関係がある。餌を一羽が独占して、相手の鳥を追い払う。追い払われた鳥は、庭木の茂った枝にとまり、一羽が食べ終わるのをじっと待っている。鳥たちの間にも、生きるための戦いがある。時々、真っ黒い艶の良いカラスが餌を食べに来る時がある。その姿は、招かざる客で、不気味なほどである。流石にヒヨドリもカラスの出現には退散してしまう。

玄関のドアを開けていると、ツバメが家の中に入ってくることがある。人間を余り怖がっていないようだ。玄関のくつ箱の上に止まってこちらの様子を伺っている。微笑ましい。時々二匹の野良猫が時間差でやってくる。ガラス越しに私の部屋を覗いてゆく。時々、ガラス戸を手で叩く時がある。餌を与えて欲しいというサインなのだろう。息子が、庭に出て食べ残しのご飯や魚などを与えることがある。猫は、我が家が周回の定期コースに組み込まれているようだ。

庭木の成長や草花などを見ることで、心がとても癒される。そんな何気ない日常の様を短歌に詠んだりしている。また、百歳を迎え、改めて自分の人生を振り返っても見た。長いようで短い人生である。一口に一〇〇年と言えども、時間の連続性の中で過ぎ去ってしまえば、まるで泡沫のようでもある。よくぞここまで生きてこれたものだと思う。私の人生は、結婚前までは、官吏の長女として、順風満帆な平凡な人生を過ごしてきた。結婚を機に、波乱万丈な人生が思いも寄らずに待ち受けていた。夫の酒乱生活に二〇年、家族と共に苦しめられ、不条理な生活を余儀なくされた。よくぞ、耐え忍んできたと思う。夫の死後、やっと平穏な生活が戻ってきた。

馬車馬のように働いて真剣に生きてきた人生には、後悔は無い。一世紀にわたる悲喜こもごもの人生を振り返ってもみた。

人生の中で、引っ越しを何度となく繰り返してきた。引っ越しに纏わる話も随筆にした。

いわき市の様々な思い出の数々もまとめてみた。

佐渡金銀山世界文化遺産に向けての熱い想いも語っている。

必ずや、私の生きているうちに、先人たちの願いを込めて、世界文化遺産を実現させたい。

この本の帯文には次のような一文がある。百歳出版記念第二弾！　筆を執りこの人生を書き留めん　書くことだけが我が命なり
母志津・息子佑季明の随筆・小説・短歌をまとめあげた渾身の一冊。二人の言魂に愛と鼓動が共鳴する。

田中　志津

平成三〇年一月

あとがき

この度、『百四歳・命のしずく』田中志津著を㈱牧歌舎より刊行致しました。

四・五年前から、書き溜めていた作品が、令和三年に牧歌舎より刊行される運びとなり心から嬉しく存じております。

私の随筆・短歌・語録を纏めたものでございます。この中には、私の既刊の本より引用した随筆・短歌も収載させて頂きました。

百歳を超えると、悲しいかな、自分でも呆れる程、物忘れが顕著となってきます。

執筆に当たりましては、メモ・記録・調査資料の確認作業などは、次男佑季明の協力を得ました。また、随筆などは、一部口述筆記によるものもございます。次男には、私の介護（要介護五）を含めて感謝致しております。

語録は、五・六年前から思いつくまま書き留めておりました。

「執筆の系譜」は、武蔵野書院より、一般書店向けに冊子として既刊されたものでございます。

今回その後、出版された『歩き出す言の葉たち』及び『愛と鼓動』の解説を追加致しました。

武蔵野書院・院主前田智彦氏には、ご理解とご協力を仰ぎ厚く御礼を申し上げます。
この度の刊行に当たりましては、㈱牧歌舎竹林哲巳社長並びに課長清井悠祐氏には紙上をお借りいたしまして厚く御礼申し上げます。

日本文藝家協会会員

作家・歌人　田中　志津

令和二年一〇月吉日

尚、この本は、息子佑季明の「刊行に寄せて」に記載されていますように、諸事情があり、改めてタイトルを変え、内容を見直して、装い新たに刊行されたものでございます。

マスメディア紹介一覧

朝日新聞
平成 5 年 10 月 5 日 家族ぐるみ家族で個展
平成 13 年 8 月 27 日 こんにちは金山と生きた日小説に
平成 16 年 5 月 15 日 愛描く詩集出版遺族「純な感覚感じて」
平成 16 年 11 月 3 日 逆境バネに言葉求めた
平成 24 年 2 月 18 日 亡き姉の詩集絵本に（親子で写真撮影）
姉の詩に感謝重ねて あす中野で朗読会
平成 24 年 5 月 9 日 福島から避難 田中さん発案
96 歳の全集「今が出発点」震災で避難
平成 25 年 9 月 14 日 中野に住む田中志津さん、波乱万丈、小説や随筆に反映

讀賣新聞
昭和 41 年 2 月 19 日 一主婦の日記から 番組表
昭和 48 年 11 月 12 日 話題の映画私の小説に似ている
平成 13 年 10 月 9 日 本出しました『佐渡金山を彩った人々』
平成 17 年 11 月 1 日 亡き姉の思い集めて
平成 18 年 10 月 17 日 力強い詩の世界再現
平成 21 年 3 月 14 日 いわきにゆかり詩人の遺稿集母と弟が出版
平成 29 年 4 月 19 日 経験思い 1 冊に 避難先で 100 歳

毎日新聞
昭和 48 年 11 月 12 日映 画と劇画を訴え
平成 14 年 2 月 13 日 母の小説娘がラジオで朗読
平成 17 年 5 月 7 日 金鉱石に往時の面影
平成 25 年 4 月 3 日 田中志津さんが全作品集

産経新聞

平成23年6月12日 3.11への思い 人の温かさを感じた1年

平成24年1月25日 姉の絵本詩集を出版　被災し中野区に避難中の男性（親子で写真撮影）

東京新聞

平成14年1月5日 母の小説娘がFMで朗読

平成25年3月24日出版情報 武蔵野書院から全集『田中志津全作品集』上中下巻刊行

新潟日報

昭和47年1月18日 母をモデルに『信濃川』出版

昭和47年2月6日 新刊ダイジェスト

平成3年1月21日 よく生きた越後女性 冬吠え

平成3年8月20日 BOOKS『佐渡金山を彩った人々』

平成13年12月19日『佐渡金山』8か月かけ 母の小説朗読

平成13年12月21日 母の小説娘が朗読作家田中志津さんの『佐渡金山を彩った人々』

平成16年4月1日 ぬくもりつむいで 親子の絆を刻む

平成17年4月19日 里帰り金鉱石佐渡で除幕

平成20年10月10日韓国での出版 島の人が尽力

平成21年3月19日 田中さんの遺稿集刊行

平成22年6月4日 出身作家の碑除幕

平成25年3月13日 小千谷出身田中志津さん全集刊行

平成25年12月15日 にいがたの一冊『ある家族の航跡』

平成27年10月25日 にいがたの一冊　随筆集『年輪』

小千谷新聞
昭和 46 年 12 月 19 日 小説『信濃川』出版
昭和 47 年 2 月 6 日『信濃川』の著者田中さん来市
平成 3 年 1 月 20 日 小説『冬吠え』出版
平成 13 年 9 月 15 日 小説『佐渡金山を彩った人々』
平成 23 年 1 月 15 日 文学碑建立記念著書など図書館に
平成 25 年 2 月 9 日『田中志津全作品集』出版
平成 26 年 6 月 5 日 田中志津さん「生誕の碑」建立
平成 27 年 9 月 19 日 年輪刊行。98 歳執筆活動健在

京都新聞
昭和 47 年 2 月 雪国の明治の女たち『信濃川』

福島民報
平成 20 年 2 月 3 日 韓国で詩集 2 冊出版 母が遺志継ぎ実現
平成 24 年 5 月 17 日 東日本大震災義援金
平成 25 年 2 月 18 日 集大成の全作品集発刊
平成 25 年 8 月 10 日 家族の作品 1 冊に 随筆・短歌・短編小説など
『ある家族の航跡』
平成 26 年 3 月 17 日 短歌や随筆で共著『邂逅の回廊』
平成 26 年 8 月 28 日 東日本大震災義援金 著書売上金寄付
平成 27 年 5 月 6 日 98 歳田中さん歌集発刊 東京在住 いわきに関する作品も
『雲の彼方に』
平成 27 年 8 月 16 日 田中志津さん随筆集を出版『年輪』
平成 29 年 2 月 5 日 母と共著本発刊『歩きだす言の葉たち』
平成 29 年 5 月 19 日 いわき在住作家田中さん歌碑
平成 29 年 11 月 11 日 作家の田中さんあすまで作品展

伊勢新聞
昭和 47 年 2 月 14 日 女の半生と歴史の変転『信濃川』

福島民友
平成 6 年 3 月 2 日 パリの個展に想う
平成 11 年 5 月 9 日 母の日企画
平成 13 年 7 月 29 日 読書 佐渡で過ごした青春の日々
平成 13 年 8 月 6 日 佐渡金山の本出版 半生織り交ぜ執筆
平成 19 年 10 月 14 日 田中さんいわき市へ
平成 19 年 11 月 25 日 田中ファミリー作品展
平成 20 年 1 月 16 日 23 日 娘の思い出を訪ねて上・下
平成 25 年 2 月 20 日 田中志津さん全作品集
平成 25 年 8 月 14 日 家族の航跡を 8 年掛け本に『ある家族の航跡』
平成 26 年 4 月 16 日 震災後の心境記す田中さん親子刊行『邂
逅の回廊』
平成 26 年 8 月 28 日 東日本大震災義援金 家族の著書チャリティー販売
平成 26 年 10 月 25 日 日々の息づかいを凝縮『志津回顧録』
平成 27 年 4 月 17 日 田中志津さんが「歌集」刊行 震災まで
いわき拠点で活動
平成 29 年 2 月 5 日 100 歳記念、随筆など収録 いわきの田中さん次男との
共著発刊
平成 29 年 3 月 27 日 エッセイなど収録
平成 29 年 5 月 3 日 母子 3 人の碑並ぶ 歌碑除幕

角川『短歌』
平成 27 年 7 月号 田中志津歌集『雲の彼方に』書評

埼玉新聞
平成 13 年 11 月 11 日佐渡金山の光と影描く西友記

高知新聞

平成3年2月10日『冬吠え』

愛媛新聞

平成3年2月18日『冬吠え』

女性ニュース

平成13年10月20日 著者インタビュー1930年代の佐渡相川

讀者新聞

平成14年4月5日『佐渡金山を彩った人々』

週刊サンケイ

昭和47年3月24日 フィクション『信濃川』明治女を描く新人の佳作

週刊讀賣

昭和47年4月15日、電話インタビュー『信濃川』の著者田中志津

週刊現代

平成3年3月2日 げんだいライブラリー『冬吠え』

アサヒ芸能

昭和53年1月26日『遠い海鳴りの町』田中志津著

みつびし 平成3年6月 この一冊『冬吠え』

中州通信 平成3年『冬吠え』書評

グラフにいがた

昭和48年11月号 文学散歩 一つの蛇行

広報あいかわ
平成13年9月25日 鉱山の想い出がモノクロームで

浜通り医療
生協ニュース 平成19年5月 新組合員さん紹介

パリ・スコープ
平成5年9月 親子3人展

相川高等学校同窓会報
昭和62年3月1日 老いるということ

新潟総合テレビ
平成13年1月26日「21世紀に向けてふるさと」へのメッセージ

佐渡テレビ
平成25年 本紹介　全集『田中志津全作品集』

NHK
昭和41年2月19日『雑草の息吹き』原作放送
昭和47年8月「民謡の旅」45分対談番組出演
平成19年11月23日 田中佐知朗読会関連報道「はまなかあいづTODAY」

FM入間
平成13年12月『佐渡金山を彩った人々』娘朗読
平成14年8月
平成13年12月27日 対談番組小説について
平成15年3月—12月『冬吠え』娘朗読

日刊新民報

平成 13 年 9 月 15 日 自己の体験を書き残したい

おこのみっくす

平成 24 年 5 月 30 日 中野の人々に感謝を込めて朗読会「言葉の力」

佐渡郷土文化

平成 26 年 6 月号 佐渡金山顕彰碑

市報おぢや

平成 27 年 6 月 10 日 1 文学碑の灯りを 田中志津生誕の碑建立

いわき民報

平成 29 年 11 月 11 日 田中佑季明さんを取り巻く世界展

東京新潟県人会

平成 22 年 8 月号 小千谷の船岡公園に田中志津さんの生誕の碑が建立

平成 23 年 1 月 東京新潟県人会百周年記念誌 私の中の昭和 平和よ永遠であれ

平成 29 年 5 月号 百歳の生きざま

平成 29 年 9 月号 母子文学碑

平成 30 年 2 月号『愛と鼓動』に寄せて

平成 30 年 9 月号刊行に寄せて

新潟大学旭町学術 資料展示館

平成 21 年 3 月 28 日 第 4 回世界遺産フォーラ ム佐渡世界遺産登録運動へのエール

中華読書報

平成 30 年 4 月 4 日 日本の作家田中志津

市立小千谷小学校 開校 150 年記念誌
平成 30 年 2 月 20 日

回想 小千谷慕情 特別寄稿

※ 尚、上記マスメディア紹介一覧以外、令和 2 年まで数多くのメディア紹介がある。今回は、その記載は紙面の都合上割愛した。

執筆の系譜は、2016 年 1 月20日武蔵野書院より『田中志津執筆の系譜』として制作されている。この冊子は一般書店向けに TAKE FREE として発行されたものである。この度『百四歳・命のしずく』刊行に当たり、新刊書に収載した。追加執筆したものは、『歩き出す言の葉たち』及び『愛と鼓動』の解説とメディア追加文である。武蔵野書院院主前田智彦氏には、ご理解とご協力を頂き厚く御礼申し上げる。 田中志津

田中志津　（たなか　しづ）　　プロフィール

１９１７年1月２０日　新潟県小千谷生まれ
日本文藝家協会会員　作家・歌人
新潟県立　相川実科女学校（現　佐渡高等学校）卒業
三菱鉱業㈱佐渡鉱山勤務　女性事務員第１号

主な著書
『信濃川』光風社書店　１９７１年
『遠い海鳴りの町』光風社書店１９７７年
『佐渡金山の町の人々』私家版１９９０年
『冬吠え』光風社書店１９９１年
『佐渡金山を彩った人々』新日本教育図書　２００１年
全集『田中志津全作品集』上・中・下巻　武蔵野書院　２０１３年
（新潟県視覚障害者情報センターに点字翻訳本あり）
『ある家族の航跡』 武蔵野書院　２０１３年　田中行明　編
『邂逅の回廊』 武蔵野書院　２０１４年　　田中行明と共著
歌集『雲の彼方に』角川学芸出版　２０１５年
随筆『年輪』 武蔵野書院　２０１５年
『歩きだす言の葉たち』愛育出版　２０１７年　　田中佑季明と共著
『愛と鼓動』愛育出版　２０１７年　　　　　　　田中佑季明と共著
『親子つれづれの旅』土曜美術社出版販売　２０１９年　田中佑季明と共著
『佐渡金山』角川書店　２０２０年
『この命を書き留めん』短歌研究社　２０２０年

フランス　パリ　親子３人展　パリで講話
いわき市　　　ギャラリーＩ（アイ）講話
世界遺産フォーラム　　新潟県万代市民会館大ホール　世界遺産フォーラムでメッセージ
主催・新潟大学　共催・新潟県・佐渡市教育委員　後援・ＮＨＫ他
文学碑　佐渡金山顕彰碑　　　新潟県佐渡市　　佐渡金山
田中志津生誕の碑　　新潟県小千谷市　船岡公園
歌碑　　　　　　　　福島県いわき市　大國魂神社

その他
『佐渡金山を彩った人々』・『冬吠え』娘の田中佐知がＦＭ放送で全編朗読。約２年間。

ＮＨＫ対談番組出演・ＮＨＫ取材インタビュー受ける。新潟総合テレビ・ＦＭ放送出演。

随筆日記「雑草の息吹」が、ＮＨＫでドラマ化放送「今日の善き日は」。

朝日・讀賣・毎日・産経・東京・新潟日報・福島民報・福島民友・いわき民報・埼玉新聞・週刊現代・週刊読売・週刊サンケイ・共同通信・アサヒ芸能・京都新聞・伊勢新聞・北国新聞・東京新潟県人会　などに多数掲載。

百四歳・命のしずく

2021年10月11日　初版第2刷発行
著　者　田中志津
発行所　株式会社 牧歌舎 東京本部
〒101-0064　東京都千代田区神田猿楽町2-5-8 サブビル2F
TEL 03-6423-2271　FAX 03-6423-2272
http://bokkasha.com　代表：竹林哲己
発売元　株式会社 星雲社（共同出版社・流通責任出版社）
〒112-0005　東京都文京区水道1-3-30
TEL 03-3868-3275　FAX 03-3868-6588
印刷・製本　小宮山印刷工業株式会社

ISBN978-4-434-28430-4　　C0093